Yassaman Montazami, qui vit en France depuis 1974, est née à Téhéran en 1971. Docteur en psychologie, elle a travaillé de nombreuses années auprès de réfugiés politiques et a enseigné à l'université Paris VII. Elle exerce actuellement en milieu hospitalier.

Le Meilleur des jours est son premier roman.

Yassaman Montazami

LE MEILLEUR DES JOURS

ROMAN

Sabine Wespieser Éditeur

TEXTE INTÉGRAL

ISBN 978-2-7578-3296-7
(ISBN 978-2-84805-116-1, 1re publication)

À Éric Laurrent,
infiniment.

Prologue

Aux premiers jours de l'été 2006, mon père quitta Téhéran pour Paris afin de faire renouveler son titre de résident en France, qui arrivait à expiration. Comme je m'étais étonnée qu'il entreprenne pareille démarche, dont l'utilité m'échappait, étant donné qu'il était retourné vivre en Iran six ans plus tôt, il m'avait répondu que ce document lui épargnerait pendant les dix années de sa validité les tracasseries administratives d'une demande de visa chaque fois qu'il voudrait nous rendre visite, à mon frère et à moi. Il se projetait dans l'avenir. Il ignorait qu'il n'en avait plus.

La veille de sa venue, alors allongée sur le divan de mon psychanalyste, je laissai tout à coup échapper une phrase incongrue, qui me surprit moi-même, comme si une autre personne l'avait prononcée : « Quelqu'un va mourir. » Un temps s'écoula, durant lequel je me demandai qui pourrait bien être appelé à disparaître, quand soudain je m'entendis articuler : « Cette personne, c'est mon père. » La séance touchant à son terme, ce fut sur ces derniers mots que je quittai mon psychanalyste. En raison des vacances, nous ne devions plus nous revoir avant plusieurs semaines.

Le lendemain, quelques heures après qu'il avait poussé la porte de chez elle, ma mère me téléphonait : « Behrouz va mal », me dit-elle. Il souffrait de douleurs abdominales atroces. Le médecin venait de lui prescrire des calmants, mais il fallait selon lui procéder à des examens plus approfondis. « Viens vite ! » ajouta ma mère.

Au moment d'appuyer sur la sonnette, je fus convaincue qu'un seul coup d'œil me suffirait à savoir si mon père allait vivre ou mourir : comme les devins de l'Antiquité dans les entrailles fumantes d'animaux sacrifiés, je lirais cet augure sur ses traits.

Ma mère m'ouvrit et me fit entrer sans prononcer un mot. Je la suivis jusque dans la chambre où mon père était allongé. En le voyant, je sus qu'il était condamné. La douleur avait à ce point remodelé son visage que j'eus du mal à le reconnaître. Je lui adressai malgré tout un bonjour désinvolte, d'une voix haut perchée, dont la légèreté feinte me fit honte. Il se redressa dans son lit et me sourit. Je m'approchai et nous nous serrâmes dans les bras l'un de l'autre. Puis, d'instinct, je déposai un baiser sur son front, comme si je lui disais déjà adieu.

Deux mois plus tard, ses cendres reposaient dans le fond d'une urne funéraire, au columbarium du Père Lachaise.

« Mon père est mort » : tels furent mes premiers mots lorsque je retrouvai mon psychanalyste.

1

Mon père naquit à Téhéran plusieurs semaines avant terme. En ces années 1940, les chances de survie d'un prématuré étaient infimes. Aussi, après lui avoir jeté un bref regard, la sage-femme qui l'avait mis au monde dit à sa jeune mère : « Madame, je vous conseille de ne pas vous attacher. Cet enfant n'est pas viable. D'ailleurs, il n'a même pas crié. » Puis, avant de prendre congé, elle ajouta : « Mais Dieu est grand, Il vous en donnera d'autres. » Et, sur ces paroles, elle quitta la chambre.

Rosa n'avait jusque-là jamais désiré d'enfant. Elle était jeune, elle voulait être libre et ne pas s'encombrer d'une autre vie que la sienne. Elle n'avait du reste pas hésité à avorter plusieurs fois. Par quel miracle ce fœtus-là avait-il échappé aux mains expertes et funestes de la faiseuse d'anges ? Dans quel lointain repli de son ventre s'était-il caché ? Elle l'observa longuement : il semblait incroyablement frêle, et d'horribles et muettes grimaces le défiguraient, comme s'il souffrait. C'est alors qu'un revirement se fit en elle. Le fait que cet enfant ait survécu l'obligeait. Elle se sentit le devoir de relayer la formidable volonté de voir le jour dont il avait fait preuve.

Le nouveau-né paraissant s'épuiser, comme s'il avait jeté jusqu'à ses dernières forces pour venir au monde, Rosa appela en criant la petite paysanne d'une dizaine d'années qui lui tenait lieu de bonne à tout faire et lui ordonna aussitôt de disposer un poêle dans la plus petite pièce du rez-de-chaussée, puis d'en isoler la porte et les fenêtres avec les chutes de tissu dont on faisait de la charpie : quoique nous étions en août, la pièce lui semblait encore trop froide – sa température devait être le plus élevée possible. N'ayant pas eu de montée de lait, elle envoya ensuite la petite en acheter chez la voisine, dont elle savait par les commérages du quartier que la lingère venait d'accoucher. Et elle s'installa avec son fils dans la pièce caniculaire.

Sur les instances d'Abi, convaincu que, victime d'un choc nerveux dû à l'accouchement, son épouse était devenue folle, toutes les femmes de la famille accoururent pour supplier Rosa de laisser s'accomplir les desseins d'Allah. Elle devait accepter de Lui remettre ce nourrisson qu'elles considéraient toutes comme condamné. À la vérité, c'était une chance, même, qu'Il le rappelle si tôt à Lui : les enfants mort-nés n'intercédaient-ils pas auprès des anges pour que Dieu ouvre à leurs parents les portes du paradis ? Mais Rosa demeurait sourde à tous ces arguments ; elle refusait même de laisser entrer quiconque dans sa couveuse de fortune, au motif que les visiteurs étaient porteurs de microbes et vecteurs de maladies. Le médecin lui-même, qu'Abi avait fait venir en désespoir de cause, resta derrière la porte.

Dix jours passèrent, durant lesquels la jeune mère ne quitta pas la pièce, qu'éclairaient uniquement une lampe à pétrole et les braises rougeoyantes du poêle à charbon, car les épais rideaux de velours restaient perpétuellement tirés. Seule la petite bonne avait l'autorisation d'en passer le seuil, munie des précieux centilitres de lait qu'elle convoyait quotidiennement d'une maison à l'autre. Quand on l'interrogeait au sortir de l'antre torride, elle assurait que l'enfant vivait encore : il ouvrait la bouche quand Madame lui pinçait le nez pour le nourrir.

À l'aube du onzième jour, Abi fut tiré du sommeil par un hurlement aigu montant de la petite pièce du rez-de-chaussée. L'esprit encore obscurci par les brumes de la nuit, il dévala effrayé les escaliers de la maison tout en nouant à la hâte la ceinture de sa robe de chambre. Au bas des marches, il tomba nez à nez avec Rosa, qui, en larmes, tenait le nourrisson vagissant dans ses bras : « Je ne sais pas ce qu'il a, dit-elle, paniquée. Il vient de se mettre à crier. » Abi le lui prit alors des mains, l'observa un instant, puis le brandit au-dessus de sa tête. « Cela veut dire qu'il est sauvé ! s'écria-t-il en pleurant de joie. Que Dieu te bénisse pour ce miracle, *azizam* ! C'est notre plus beau jour. »

Et c'est ainsi que le petit garçon fut nommé *Behrouz*, ce qui signifie en persan « le meilleur des jours ».

2

À compter de ce jour, convaincue que sa survie dépendrait uniquement des soins qu'elle et elle seule pourrait lui prodiguer, Rosa exerça sur l'enfant une attention de chaque instant, qui ne tarda pas à tourner à la persécution.

Elle était littéralement obsédée par les repas du petit, leur confection, leur présentation et, en dernier lieu, leur ingestion. Le déjeuner à peine desservi, elle se demandait si les herbes qui entraient dans le menu du soir avaient été préparées ou si la commande de viande avait bien été passée au boucher. Faire manger son fils était devenu son unique préoccupation. L'estomac du garçon ne connaissait ainsi pas un instant de répit. S'absorbait-elle dans la lecture d'un magazine ou un travail de broderie, il ne s'écoulait pas cinq minutes avant qu'elle ne s'écrie : « Mais tu ne manges rien ? Prends donc quelque chose ! » Elle appelait alors un domestique et lui ordonnait de découper une pastèque, d'ouvrir une bouteille de lait, de démouler un gâteau, d'apporter des pistaches, ou bien elle envoyait Shazdeh, l'Afghan qui lui faisait office de factotum, grimper sur les branches molles du plaqueminier du jardin. Qu'importe si le pauvre homme se brisait bras et jambes ! Sa vie, aux yeux de la jeune femme, comptait moins que le plaisir que son fils aurait à mordre dans la chair âpre et farineuse d'un kaki.

Même à l'école, Behrouz n'échappait pas à la tyrannie maternelle. Chaque jour, Rosa envoyait ainsi le chauffeur d'Abi lui livrer une banane à l'heure du goûter. Dans les années 1950, la banane était pourtant un produit de luxe pour la plupart des Iraniens, mais cette mère sacrificielle ne regardait pas à la dépense : ayant entendu de la bouche de son médecin que ce fruit avait des vertus roboratives uniques, elle espérait que sa consommation régulière contribuerait à renforcer la constitution fragile de son enfant adoré. Ce rituel quotidien était toutefois une véritable mortification pour celui-ci, qui craignait de passer non seulement pour un fils à maman aux yeux de ses camarades, mais pour un privilégié. Il implora sa mère de ne plus envoyer le chauffeur, jura qu'il n'aimait pas les bananes. Mais Rosa ne céda jamais, et il en fut réduit à inventer mille stratagèmes pour réceptionner le plus discrètement possible ces colis honteux.

Par réaction contre cette entreprise de gavage, Behrouz finit peu à peu par ne manger presque rien.

3

Avec les années, Behrouz en vint à admirer la frugalité des domestiques, et plus particulièrement le jeûne que ceux-ci observaient au cours du ramadan. Le cruel destin qui les avait amenés à travailler dans cette maison où l'on recevait presque chaque jour et qui était une sorte de temple dédié à la bonne chère en faisait à ses yeux des héros – ou plutôt des martyrs. Tout ce qu'ils enduraient ici dépassait de loin ce qu'Allah exigeait d'un bon musulman.

Behrouz était convaincu qu'ils avaient été élus pour leur résistance exceptionnelle à la tentation et qu'ils étaient les chevaliers de Dieu contre le diable, son bouclier valeureux, la proue de son navire insubmersible, et c'est pourquoi il les admirait tant, quoique, dans la classification qui régentait l'ordre des vivants (en tout cas dans celle qui prévalait parmi la bourgeoisie dont il était issu), ils fussent placés dans les tout derniers rangs, juste au-dessus des représentants du règne animal, lequel, dans l'univers du petit garçon, se résumait aux files de fourmis qui s'allongeaient sur les pampres et les sarments de l'unique pied de vigne du jardin, aux papillons colorés dont les ailes poudreuses et délicates se confondaient avec les pétales des hélianthèmes et des lavatères, aux scarabées à la carapace noire et nacrée et aux chats des rues qui griffaient le silence des nuits d'été de leurs miaulements.

Cuisinière, jardinier, lingère, tous continuaient à s'activer avec indifférence dans les effluves du thé noir qui s'échappaient du samovar et les parfums d'oignons roussis, de riz blanc et de tomates fraîchement pelées qui s'élevaient continûment des marmites où mijotaient les repas. Avoir l'estomac vide, la langue sèche, pâteuse, et l'esprit ralenti ne les empêchait pas de s'acquitter de leurs tâches habituelles. Ces êtres pourtant subalternes en devenaient presque surnaturels à ses yeux.

La singulière force de ces petites gens, qu'ils n'exerçaient pas contre autrui mais contre leur propre personne, dont ils repoussaient sans cesse les limites mentales et physiques, ne pouvait venir que de leur fréquentation de Dieu, laquelle intriguait d'autant plus Behrouz que ses parents ne croyaient pas et vivaient à l'occidentale, fiers de s'être émancipés de ce qu'ils considéraient comme de l'obscurantisme et jugeaient avec condescendance.

Il suivait souvent Ali dans la petite pièce sous les toits où celui-ci faisait sa prière. Ali avait quitté son village natal vers l'âge de quatorze ans pour entrer au service de mes grands-parents. À son arrivée, le jeune garçon ne parlait qu'une sorte de patois turc, et il lui avait fallu plusieurs années pour maîtriser le persan moderne que l'on pratiquait à Téhéran. Ce domestique aux joues roses, à l'air naïf, était toujours souriant ; un bonheur énigmatique émanait de son visage, qu'aucune des corvées qui lui étaient imposées n'avait jamais altéré, ni les réveils à l'aurore, ni les heures de ménage et de vaisselle qu'exigeaient les nombreuses réceptions données par Madame et qui le menaient loin dans la nuit, faisant de lui le compagnon des clairs de lune et des gros cafards volants qui ne sortaient qu'au soleil couchant.

Cinq fois par jour, Ali faisait ses ablutions. Il lavait et rinçait ses mains et ses avant-bras jusqu'aux coudes dans un petit lavabo, puis ses pieds et ses jambes jusqu'aux genoux. Ensuite, il se nettoyait à grand bruit le visage en s'aspergeant d'eau fraîche. Ainsi débarrassé de la crasse susceptible de faire écran entre Dieu et lui, il dépliait son petit tapis de prière, sortait d'un écrin de velours élimé une pierre polie, contre laquelle il frappait son front à chaque prosternation, et lançait un vibrant « *Allah akbar !* », avant de s'immobiliser en direction de La Mecque. C'est alors qu'il commençait ses incantations, les yeux mi-clos, la paume des mains tournée vers le ciel.

La prière d'Ali était un murmure, des phonèmes mystérieux filaient à travers ses lèvres mouvantes. En l'observant, Behrouz avait le sentiment que le jeune domestique quittait progressivement la terre ferme, que sa conversation privée avec le Très-Haut le ravissait au monde sensible. Le petit tapis de prière devenait celui d'Aladin, il le transportait dans les airs et lui faisait survoler les toits plats de Téhéran et les dômes revêtus de faïence des mosquées. Et, parfois, il n'aurait pas déplu à Behrouz de l'y accompagner, agenouillé à son côté.

4

Mon père malade s'était installé dans la chambre d'amis, comme il le faisait chaque fois qu'il revenait en France. Ma mère et lui, en effet, ne vivaient plus ensemble : ils s'étaient séparés six ans plus tôt. Zâhra avait conservé l'appartement de Paris, Behrouz était retourné à Téhéran. Ils n'avaient pas divorcé pour autant. Sans avoir plus rien de marital, leurs relations n'en étaient pas moins affectueuses. Ils se téléphonaient régulièrement, et il leur paraissait naturel que mon père réintègre une ou deux fois par an ce qui avait été longtemps leur domicile conjugal.

Cette position saugrenue, qui consistait à être un invité dans sa propre demeure, convenait parfaitement à cet homme qui était toujours resté hermétique aux notions de propriété ou d'exclusivité. Aurait-il passé des décennies dans un même lieu, il n'aurait pas un seul instant éprouvé le besoin d'en annexer mentalement l'espace, non plus que de projeter l'image de sa personne sur les choses qui l'entouraient, murs, cloisons, meubles ou bibelots. Au contraire de la plupart des gens, il était parfaitement dénué du désir de dépasser les limites étriquées de son enveloppe charnelle et de l'étendre au monde matériel. C'est pourquoi il ne s'était enraciné nulle part et avait passé sa vie à abandonner sans regret un endroit pour un autre.

Mon père n'avait pas quitté ma mère parce qu'*il* ne l'aimait plus, mais parce qu'*elle* ne l'aimait plus – ou, plus exactement, parce qu'elle ne l'avait jamais véritablement aimé. Cela ne tenait pas à la personne de Behrouz en particulier, non : il en aurait été de même avec n'importe quel autre homme. Car Zâhra présentait cette singularité de n'être pas concernée par le sentiment amoureux, comme si la nature l'en avait préservée. À l'instar de ces êtres auxquels il manque certains chromosomes, l'hérédité l'avait privée des gènes de l'attachement. Aussi les hommes ne l'intéressaient-ils pas plus que des insectes volants dont elle eût suivi du regard les circonvolutions aériennes, avant que de les chasser d'un revers de la main, agacée qu'ils tournoient autour d'elle. Son cœur était une mer étale, que la houle d'aucune passion ne troublerait jamais.

Tout au long de leur vie commune, cette indifférence affecta profondément mon père. C'était pour lui un affront quotidien, dont la morsure s'enfonçait toujours plus loin dans sa chair. Il ne pouvait s'y résigner : plus il se sentait rejeté, plus il s'agitait en tous sens, récriminant, protestant, prenant chacun à témoin de son infortune. Son chagrin le rendait violent, persifleur et provocateur, surtout lorsqu'il se mettait à boire plus que de raison pour l'oublier. Il aurait souhaité que son épouse soit capable d'attentions, d'effusions, qu'elle l'enlace tendrement par surprise, qu'elle l'embrasse dans le cou, qu'elle pleure toutes les larmes de son corps les soirs où il rentrait à point d'heure, qu'elle gémisse en se tordant les mains et en l'accusant de ne plus l'aimer, qu'elle se jette sur lui pour lui griffer le visage si par inadvertance elle l'avait surpris à regarder avec insistance une autre femme dans une soirée ; mais, de tout cela, elle était incapable. Elle ne comprenait pas ce que mon père réclamait : elle était douce et silencieuse ; elle s'acquittait des tâches domestiques ; elle lui avait donné deux enfants. Que voulait-il de plus ?

Elle n'avait même pas eu un mouvement de cils quand, après trente ans de mariage, il lui avait dit qu'il partait.

5

À l'âge de cinquante-cinq ans, mon père revint donc à Téhéran s'installer chez sa mère avec les trois mille livres de sa bibliothèque. En quittant sa femme et Paris, il n'aurait jamais imaginé qu'il trouverait enfin l'amour. Il était là pourtant, qui l'attendait depuis trente ans.

Attendre Behrouz, Bibi n'avait fait que cela, dès leur première rencontre à la faculté de Téhéran, dans le département de sciences économiques. En ce jour de rentrée universitaire, mon père avait aperçu en haut des escaliers de l'amphithéâtre des jambes divines, à la finesse surnaturelle, au galbe parfait, aux chevilles délicates, terminées par d'adorables escarpins vernis. Mais, outre leur beauté, ces jambes avaient ceci de particulier qu'elles n'étaient pas deux, mais quatre.

Bibi et Zâhra ne se quittaient pas en effet, et cela depuis le lycée. Elles avaient d'ailleurs choisi le même cursus universitaire pour ne pas se séparer. Elles arrivaient ensemble en cours et en repartaient ensemble. Les veilles d'examen, elles passaient la nuit chez l'une ou chez l'autre, à réviser jusqu'à l'aube, étendues côte à côte dans un pêle-mêle de livres, de cahiers et de feuillets, tout en buvant du café et en fumant des cigarettes pour se tenir éveillées. Elles s'habillaient de manière identique et employaient les mêmes expressions, avec les mêmes inflexions. Elles avaient fini par se ressembler. On les prenait pour des sœurs.

Des deux jeunes filles, Bibi était la plus solaire. Elle irradiait de vie ; ses rires scintillants l'enveloppaient d'un halo éblouissant, que ne faisaient qu'amplifier les reflets dorés de sa chevelure châtain clair sur sa peau lumineuse ; une sorte d'allégresse émanait même de son corps gracile. Pour filer la métaphore astrale, Zâhra évoquait quant à elle la lune. Tranchant sur son visage pâle, encadré de cheveux bruns, son regard sombre baignait dans une mélancolie perpétuelle ; on eût dit que ses yeux étaient en permanence emplis de larmes, retenues et tremblotantes ; et son corps frêle, aux fines attaches, menaçait de se briser au moindre contact. Elle était certes moins belle que son amie, mais elle recelait au plus profond d'elle-même ce quelque chose qui ensorcelle les hommes, jusqu'à les rendre fous : un cœur inaccessible. Sa conquête devint dès lors un défi pour Behrouz.

Toute la splendeur de Bibi se referma sur elle quand elle comprit que le garçon, dont elle était pour sa part tombée amoureuse au premier regard, lui préférait sa camarade. Étouffant son orgueil, ravalant son malheur, elle se contenta de ce qu'il lui offrait : son amitié. Elle devint sa confidente. Behrouz lui racontait par le détail les heures qu'il passait, en plein soleil, à guetter l'apparition de Zâhra au coin de sa rue, ne fût-ce que pour la voir un instant avancer de son petit pas rapide, son porte-documents serré contre sa poitrine menue. Il lui soumettait les poèmes maladroits qu'il rédigeait pour l'autre. Par ce penchant à la mortification auquel porte parfois le dépit amoureux, Bibi l'écoutait, le conseillait, l'encourageait. Elle avait choisi de faire passion commune avec son aimé, acceptant de n'être pas l'objet de la sienne, jouissant presque en secret de la similitude de leurs flammes respectives.

Zâhra finit par céder aux avances de Behrouz, quoiqu'elle ne fût pas amoureuse de lui. Dans la nuée indistincte des hommes, il était simplement le plus insistant, le plus assidu, le seul que ses revers de main agacés ne parvenaient pas à faire fuir et qui revenait sans cesse vers elle. Comme elle me le dirait plus tard : « On ne résiste pas à un tel amour. » Pressés par leur fils, Abi et Rosa, qui ne souhaitaient pas qu'il se marie si jeune ni, surtout, avant d'avoir, comme on dit, une « situation », se rendirent donc à contrecœur chez les parents de la jeune fille, qui, de leur côté, ne voyaient pas d'un très bon œil ce jeune homme romantique, pour leur demander la main de leur fille cadette. Et l'affaire fut conclue.

À l'annonce de leurs fiançailles, Bibi sombra dans le désespoir. Pendant plusieurs semaines, elle en perdit l'appétit et le sommeil – elle n'avait plus le goût de vivre. Des nuits entières, elle restait les yeux ouverts, fixés sur le plafond de sa chambre, à déplorer la cruauté du destin, le maudissant en silence dans l'obscurité. Pourquoi avait-il favorisé cette union contre nature, qui ne s'opposait pas seulement aux lois de l'amour, mais enfreignait tout bonnement l'ordre même des choses ? C'est elle qui était promise à Behrouz, et non Zâhra ! C'est elle qu'il aurait dû épouser, et pas l'autre ! Elle seule eût pu le chérir comme il le méritait, car ils étaient faits l'un pour l'autre. N'y avait-il pas en ce bas monde quelqu'un, quelque divinité, pour déciller son bien-aimé et lui faire prendre conscience de son erreur ?

Elle crut mourir de douleur le jour où Behrouz lui proposa de l'aider à choisir son costume de cérémonie.

Alors, dans la foulée des noces de mes parents, Bibi se maria aussi. Elle prit le premier venu dans la masse de ses prétendants, un doux géant qui portait le nom d'un grand empereur de Perse, Darius. Elle se jeta dans le mariage comme on se lancerait dans le vide par une fenêtre. Sa chute dura le temps d'une vie. Ce fut une lente entreprise tout à la fois d'oubli et de détestation de soi, à peine distraite par la naissance de deux enfants à la constitution fragile, dont les fièvres et les maladies occupèrent opportunément ses insomnies.

6

Trente ans plus tard, Bibi apprenait la séparation de mes parents par un appel téléphonique de ma mère, qui n'avait jamais soupçonné la passion secrète de son amie pour mon père. Malgré la distance, malgré le temps aussi, les deux femmes étaient restées très proches ; elles se parlaient régulièrement, à raison d'une ou deux fois par mois.

L'avion qui emmenait mon père était alors en vol. Sitôt eut-elle reposé le combiné sur son socle, Bibi s'habilla sans réfléchir et sortit. Une heure plus tard, elle attendait Behrouz à l'aéroport de Mehrabad.

À demi hébété par le voyage et le vin, dont il s'était d'autant moins privé que le bordeaux qu'offrait la compagnie Air France serait le dernier cru potable qu'il boirait avant longtemps, commandant même un dernier whisky à une hôtesse tandis qu'autour de lui les femmes commençaient à rabattre leur voile sur leurs cheveux, celui-ci se crut un instant la proie d'une hallucination en apercevant la svelte et rayonnante créature qui, de sa bouche immense, lui souriait derrière les vitres du terminal.

Il comprit.

Quoiqu'ils aient tout fait pour qu'elle le soit, leur liaison ne resta pas secrète bien longtemps. Mon père s'étant presque installé à demeure chez Bibi, nul parmi leurs amis ou dans le voisinage n'était réellement dupe de la nature de leurs liens, à commencer par le mari de celle-ci. Étonnamment, Darius était la personne que le ménage à trois qu'ils formaient choquait le moins. Les ragots, les propos ironiques, les commentaires malveillants que cette situation suscitait ne le touchaient pas. Des trois, il était même, dans une certaine mesure, celui qu'elle réjouissait le plus.

Depuis la Révolution islamique, il souffrait d'une forme sévère de neurasthénie. Pour plaisanter, ses amis disaient que la chute de la monarchie avait principalement fait deux victimes : le shah et Darius. Les lourdeurs bureaucratiques et les tracasseries administratives du nouveau régime avaient brisé son dynamisme. En quelques années, les affaires de ce jeune et brillant chef d'entreprise avaient périclité ; il s'était laissé pousser la barbe et les cheveux, vivait pieds nus et portait le même jean élimé, aux pattes effrangées ; il avait presque cessé de parler. On ne le trouvait plus désormais chez lui qu'assis en tailleur sur un coin de tapis, enveloppé dans les lourdes volutes des cigarettes de haschisch qu'il fumait toute la journée en psalmodiant de vieux succès de Boney M. C'est à peine si les tentatives de suicide que sa fille faisait à répétition ou les accès de délire mystique dans lesquels sombrait régulièrement son fils, qui se prenait pour le douzième imam et allait frapper chez les voisins pour leur annoncer la bonne nouvelle de sa réapparition, le troublaient. Il avait l'impression que tout cela se passait dans un monde lointain, peuplé de créatures étranges qui ne lui paraissaient pas exactement de la même espèce que la sienne.

La présence à mi-temps de Behrouz sous son toit le sortit de sa torpeur. La fantaisie de celui-ci le distrayait en effet comme rien ne l'avait distrait depuis des années. Il l'invita à fumer avec lui. Ils conversaient des heures, allongés chacun sur un divan, ou se lisaient des poèmes de Hâfez, qu'ils commentaient sans fin. Quand ils étaient drogués à l'excès, ils se mettaient à fredonner en chœur les chansons de Boney M., que l'un avait apprises à l'autre. Bibi les surprit une nuit en train de danser dans le salon, chantant à tue-tête *Daddy Cool* tout en frappant dans leurs mains. Ils étaient devenus les meilleurs amis du monde.

7

Le retour de mon père en Iran coïncida avec l'abandon définitif de sa thèse de doctorat. Quand il eut disposé sur les étagères de l'ancien bureau de mon grand-père les trois mille volumes de sa bibliothèque parisienne, une immense lassitude l'envahit, que changèrent en complet découragement les milliers de feuillets noircis au fil des ans qu'il sortit d'un gros carton.

Ceux-ci formaient plusieurs piles sur la table de travail. Il les regarda longuement. Le bord de certaines pages était déchiré ; bon nombre d'entre elles commençaient à jaunir ; et la plupart des élastiques qui les regroupaient en dossiers avaient fini par rompre, pour pendre mollement le long des tranches.

Il passa alors les bras au milieu de ce vaste empilement de papier et les écarta brusquement. Les milliers de pages tombèrent d'un coup sur le parquet. Le bruit de leur chute fit accourir ma grand-mère. Tout en achevant d'enfiler une veste, mon père quittait la pièce quand elle l'eut rejoint. « Tu diras à Ali de foutre toute cette merde hors de ma vue », lui dit-il en s'élançant dans les escaliers pour aller retrouver Bibi.

Ali s'exécuta ; il remit les feuillets dans le carton, le ferma avec un large ruban adhésif, puis le remisa à la cave, au milieu des jarres d'amandes et de fruits secs et des corbeilles de coriandre, de basilic et d'estragon séchés ; et il n'en bougea plus.

Quand, quelques mois après la mort de mon père, je vins passer quelques jours chez ma grand-mère, je l'ouvris. En découvrant les milliers de pages qu'il contenait, pour la plupart manuscrites et rédigées en farsi, je me sentis aussitôt au bord des larmes. Les mains de mon père avaient caressé ces papiers, ses yeux s'étaient abîmés dessus, son souffle les avait imprégnés, l'encre qui les couvrait s'était mêlée à sa sueur. J'avais devant moi la trace la plus concrète de son passage ici-bas, les vestiges de sa pensée, l'écume de sa vie intellectuelle.

8

Même s'il arriva plusieurs fois à mon père d'en interrompre la rédaction, cette thèse fut la grande affaire de sa vie. C'est pour l'entreprendre que, juste après son mariage, il était venu s'inscrire en troisième cycle de sciences économiques à la Sorbonne à la fin des années 1960, encouragé par mes grands-parents, qui l'avaient assuré de leur soutien pécuniaire jusqu'à la fin de ses travaux – ils ne pouvaient alors imaginer que ceux-ci seraient, à proprement parler, interminables.

Dès son arrivée, Behrouz fut en effet pris d'une ivresse sans limites devant la vastitude des connaissances qu'il pouvait acquérir à Paris, sans commune mesure avec celles qui étaient à sa disposition à Téhéran. Il se mit à courir frénétiquement d'amphithéâtre en bibliothèque, de séminaire en cours magistral. Entraîné par le bouillonnement intellectuel de l'époque, il voulait tout entendre, tout comprendre, tout apprendre, au point de ne plus en dormir la nuit. Histoire, philosophie, économie, droit, linguistique, anthropologie, en tout domaine, sa curiosité était insatiable.

Tôt le matin, il quittait discrètement la petite chambre de bonne qu'il occupait rue Monge avec ma mère. Tout en prenant soin de ne pas claquer la porte afin de ne pas la réveiller, il s'élançait par l'étroit escalier de service et en sautait les marches quatre à quatre jusqu'à la loge de la concierge, qu'il saluait dans ce français parfait qu'il tenait des pères jésuites de l'école Saint-Louis de Téhéran où il avait suivi toute sa scolarité. Mordant dans un croissant acheté dans la petite boulangerie du bas de l'immeuble, il remontait la rue Mouffetard en se délectant des odeurs des cafés et des commerces de bouche qui ouvraient. Un quart d'heure plus tard, sa sacoche sous le bras, il s'engouffrait dans une salle de la Sorbonne et se mêlait jusqu'au soir aux autres étudiants.

Cette vie dura un an, deux ans, trois ans, quatre ans, cinq ans. Contrairement aux jeunes gens qu'il côtoyait en effet, pour lesquels ces années de faculté ne seraient bientôt qu'un souvenir, lui resterait à jamais suspendu à des questionnements sans fin, les ressassant longtemps après l'achèvement des cours, bien après la fermeture des grilles et des portes, par-delà les semestres et les ans, questionnements qui l'éloignaient toujours un peu plus de son projet initial, au point que celui-ci passerait peu à peu au second plan de ses préoccupations.

Lorsque Zâhra tomba enceinte, il la renvoya ainsi à Téhéran, chez ses parents, et partit pour Londres. Quand on aurait attendu de lui qu'il assume ses responsabilités de futur père en trouvant un emploi et un appartement pour y installer convenablement sa petite famille, il venait de décider d'entamer un nouveau cycle d'études : au stade où elle en était, la rédaction de sa thèse réclamait de toute urgence qu'il acquière des connaissances dans les mathématiques appliquées à la macroéconomie.

Cette thèse avait pour sujet « La détermination de l'histoire par la superstructure dans l'œuvre de Karl Marx ». « Superstructure » : ce mot étrange, que j'associais enfant tout à la fois à « supernova » et à « Superman », lui conférait un caractère exceptionnel. Mon père avait bien tenté de m'expliquer ce que le terme recouvrait dans la terminologie marxiste, mais sa définition s'effaçait inexorablement de ma mémoire, pour n'y laisser que son aura fantastique, sa dimension titanesque.

« Lorsque cette thèse sera publiée, disait-il, la vérité éclatera comme une bombe. Tout s'expliquera !

– Tout ? Vraiment tout ? demandais-je. Même le secret des dolmens et des menhirs, des statues de l'île de Pâques et du monstre du Loch Ness ?

– Oui, ma chérie, tout ! Car il faut que tu saches que rien dans ce monde n'a échappé à l'observation sagace de Karl Marx ! Pas une poussière, pas une particule, pas un instant de l'Histoire. »

Karl Marx ! Le plus grand homme que la terre ait jamais porté ! Un homme ? Allons, plus que cela ! Avec sa longue barbe, son air grave, son regard dur et intransigeant, cet être qui connaissait la nature secrète des choses s'élevait pour moi au rang d'un dieu – et mon père était son prophète. Quand il aurait achevé ses travaux, la cause originaire de l'inégalité entre les hommes serait enfin révélée. Le système qui l'avait engendrée serait mis à nu et s'effondrerait. Et le fossé qui sépare les riches et les pauvres, les possédants et les dépossédés, pourrait être comblé. Le monde deviendrait meilleur. On aurait enfin la clef du bonheur – il suffirait de la faire tourner pour qu'advienne le paradis sur terre.

9

Les jours, les mois, les années passaient cependant, et nul n'avait encore vu une seule page de cette fichue thèse. Mon père avait beau s'enfermer plusieurs semaines de suite dans son bureau, de l'aube jusqu'au soir, passer parfois la nuit dans la baignoire tout habillé, simplement enveloppé d'une couverture, pour – se justifiait-il devant notre air éberlué – limiter son temps de sommeil, ce grand œuvre demeurait virtuel pour tout le monde.

« Je ne sais vraiment pas ce qu'il fabrique », disait à voix basse ma mère en préparant sa marinade pour le dîner. Et de citer la liste de tous ses amis qui s'étaient inscrits en même temps que lui en troisième cycle et étaient devenus docteurs depuis longtemps. Pourquoi tardait-il ? Il ne valait pas moins qu'eux. D'ailleurs, il les avait tous aidés dans leurs travaux, ces ânes qui savaient à peine parler français. Il leur avait consacré des jours entiers, des semaines parfois ! Ah, ils avaient bien profité de lui ! Ma mère était indignée. Elle s'échauffait au-dessus du plan de travail, et l'on sentait qu'elle tranchait plus que le poulet qui y gisait.

Elle s'immobilisait soudain et se tournait vers moi. « Si ton père ne finit pas, nous ne rentrerons jamais en Iran, prophétisait-elle. Nous serons condamnés à rester pour toujours dans ce pays d'adorateurs de caniches frisés. »

Chacun avait sa théorie sur la lenteur de mon père à mener ses recherches à leur terme. Ma mère pensait que c'était à cause du « cordon ombilical » qui le liait encore à sa propre mère et qu'il ne parvenait pas à couper. Tout l'argent que lui envoyait cette ogresse n'avait d'autre objet que de perpétuer sa domination sur lui, pour qu'il reste sa chose à elle, et à elle seule. Elle ne supporterait pas qu'il vole de ses propres ailes, qu'il n'ait plus besoin de son aide – elle en mourrait !

De son côté, ma grand-mère était persuadée que la faute incombait à sa bru. Son fils avait fait un mariage malheureux et il en payait le prix. « J'ai toujours su que ces deux-là ne devaient pas s'épouser, maugréait-elle. Ils sont aussi miscibles que l'huile et le vinaigre. Vous l'avez vue ? disait-elle de ma mère. Elle ne sourit jamais. Toujours à faire la grimace, comme si elle venait d'avaler du venin de serpent. Comment voulez-vous que ce pauvre Behrouz trouve le calme et la sérénité pour travailler ? Moi aussi, à sa place, je serais complètement bloquée. »

Il n'y avait que mon grand-père pour ne pas se lamenter sur les difficultés de mon père. Que nous soyons réunis autour de lui et ayons assez d'argent pour manger et voyager suffisait à son bonheur – rien ne lui manquait. « Arrêtez de vous mettre la rate au court-bouillon à cause de cette histoire de thèse, nous disait-il lorsque le sujet était abordé. Et resservez-moi plutôt une tasse de thé. »

J'étais en définitive la seule à croire dans le succès de mon père. Il était normal qu'il prenne son temps. Apporter la révélation suprême aux hommes réclamait des années de labeur. On ne changeait pas la face du monde comme ça, en un tournemain. La tâche était considérable. Il nous fallait être patients. Mais nous serions récompensés : Behrouz se couvrirait de gloire. Sa renommée serait universelle.

Un jour pourtant, mon père nous annonça qu'il allait nous montrer son travail. Mes grands-parents, alors de passage à Paris, ma mère et moi ne nous tenions plus de joie. Le mystère allait enfin être levé. L'objet de tous nos tourments se matérialiserait sous nos yeux : il aurait une couleur, une consistance et une forme. Nous avions tellement rêvé de ce moment-là ! Une excitation délicieuse s'était emparée de nous. Ma mère, à l'ordinaire si ténébreuse, chantonnait en arrangeant sa coiffure devant le miroir. Ma grand-mère, qui n'avait jamais cru en Dieu, arpentait l'appartement en louant à voix haute Leurs Saintetés l'imam Hossein et l'imam Ali. Mon grand-père avait revêtu un costume et refermé ses recueils de poésie. Quant à moi, je faisais tournoyer ma jupe plissée autour de mes jambes maigrelettes en tenant mes bras écartés, fermant les yeux jusqu'à en perdre l'équilibre.

Soudain, mon père sortit de son bureau, tenant entre ses mains un paquet de feuilles entouré d'un élastique épais, qu'il déposa solennellement sur la table du salon. Nous osions à peine nous approcher du manuscrit, intimidés par ce que nous considérions comme une sainte relique. Un morceau de la croix du Christ ou une mèche de cheveux du prophète Mahomet nous auraient moins impressionnés. « Eh bien voilà, dit mon père en rompant le silence, c'est le premier chapitre. Il ne reste plus qu'à écrire les neuf autres à présent. »

Comment ça ? Neuf chapitres ! Seigneur tout-puissant ! Toutes ces années pour écrire seulement le dixième de sa thèse ? Nous demeurâmes bouche bée quelques instants. Nous étions hébétés, consternés, désespérés. Mais nous l'aurions été bien davantage si nous avions su que ce chapitre serait le seul qu'il achèverait jamais. Sans cesse repris, annotés, biffés, recomposés, augmentés, réécrits, les neuf autres resteraient à l'état de monstrueuses ébauches, pour finir en vrac dans un carton, remisé au fond d'une cave.

10

Karl Marx et mon père avaient un point commun : ils ne travaillèrent jamais pour gagner leur vie. « Les vrais révolutionnaires ne travaillent pas », affirmait mon père. Cet état de fait lui paraissait logique : on ne pouvait œuvrer à l'abolition du salariat et être salarié – c'était incompatible. Il fallait avoir l'esprit disponible, non accaparé par des questions d'ordre pratique. C'est pourquoi il n'éprouvait aucun sentiment de culpabilité à vivre de l'argent que lui versait ma grand-mère – elle était un peu son Engels à lui. « Si Marx avait passé sa vie à la mine ou dans une usine, il n'aurait pu écrire *Le Capital* », soutenait-il.

Le fait que mon père n'exerce aucun métier était pour moi une fréquente source d'embarras. À chaque rentrée scolaire, par exemple, je ne redoutais rien tant que le moment où je devrais indiquer sa profession sur la fiche de renseignements qu'il nous était demandé de remplir. Quand tous les parents de mes petits camarades étaient sortis depuis longtemps du système scolaire, il me fallait mentionner que j'avais pour ma part un père étudiant.

Être élevée par une fille-mère ou ne pas avoir de logement décent et dormir sous les ponts n'aurait pas suscité en moi plus de honte. Je connaissais par avance l'air interrogatif, vaguement soupçonneux, qui passerait sur le visage de l'institutrice ou du professeur après qu'ils auraient jeté un œil sur ma fiche. J'aurais aimé, chaque fois que j'inscrivais le mot « étudiant » sur la ligne « profession des parents », avoir une page entière pour expliquer cette aberration et corriger l'image désastreuse de mon père aux yeux des enseignants. Je leur aurais fait valoir qu'il y avait sans doute plus de livres dans sa bibliothèque qu'ils n'en liraient jamais, que c'était un homme brillant, qui parlait le français mieux qu'eux, qui lisait en anglais, en allemand, qui rédigeait une thèse et que celle-ci serait un chef-d'œuvre de la pensée universelle, au point de révolutionner le monde, et que c'était pour cela qu'il était encore étudiant, car cette tâche colossale réclamait du temps pour être menée à son terme.

Cette honte atteignit son paroxysme à mon entrée au collège, lors du premier cours d'éducation physique. Nous ayant demandé de faire cercle autour d'elle, notre professeur, une femme presque naine à la mâchoire carrée et à la voix masculine, portant une longue queue de cheval qui battait son postérieur aux muscles fermes et rebondis, s'était mise à lire à haute voix les incontournables fiches de renseignements. Lorsque la mienne fut sous ses yeux, elle me toisa d'un air moqueur : « Alors, comme ça, ta mère ne travaille pas et ton père est étudiant ? » Je fis oui de la tête. « Mais alors, poursuivit-elle d'un ton sardonique, personne ne travaille chez toi ? Comment faites-vous donc pour vivre ? » Toute la classe s'était tue ; je sentais sur mes épaules le poids de tous les regards. Je rassemblai mon maigre courage et déclarai d'une voix mal assurée que c'était ma grand-mère qui nous envoyait de l'argent pour vivre. « Ta grand-mère ? reprit la professeur, voyez-vous ça ! Mais c'est qu'elle doit avoir beaucoup d'argent, ta mamie ! Dis-moi, qu'est-ce qu'elle fait donc dans la vie pour être si riche ? – Elle écrit des livres, répondis-je. – Tiens donc ! reprit la méchante femme. Et quel genre de livres ? – Des livres de cuisine », dis-je. Pensant probablement que je fabulais, toute la classe s'esclaffa. Je me sentis rougir jusqu'à la racine des cheveux. J'aurais voulu crier aux oreilles de tous ces bons petits Français que les livres de ma grand-mère se vendaient par dizaines de milliers, qu'on les tenait même pour les plus importants best-sellers d'Iran après le Coran et le *Divân* de Hâfez, que leur auteur était une des femmes les plus célèbres du pays, qu'elle recevait des ministres à sa table, qu'elle avait des domestiques qui n'étaient pas même autorisés à la regarder dans les yeux quand ils s'adressaient à elle. Mais je ne dis mot. Quand l'hilarité fut retombée, la professeur passa à une autre fiche.

11

Déchargé de toute obligation professionnelle, mon père usait de son temps comme bon lui semblait. Il pouvait ainsi passer une semaine entière enfermé dans son bureau, puis plusieurs jours de suite assis devant le poste de télévision, une bouteille de whisky à portée de main. Une insomnie le réveillait-elle à quatre heures du matin ? Il se levait et se mettait à préparer un canard à l'orange, son plat préféré. Trois heures plus tard, quand je me réveillais, je le trouvais dans la cuisine, la taille ceinte du tablier fleuri de ma mère. « Goûte-moi ça ! m'enjoignait-il en me tendant une cuillère, l'air victorieux. Je ne l'ai jamais aussi bien réussi. » L'odeur de la viande me révulsait, malgré le parfum des agrumes et du caramel. Pour commencer la journée, j'aurais préféré une tartine de confiture trempée dans du chocolat chaud. Mais je savais qu'il serait contrarié si je ne goûtais pas à son canard. Cela le mettrait de mauvaise humeur, cela le blesserait même. Qui sait si cette déception ne l'empêcherait pas de se remettre à sa thèse ? Être sa fille avait ses devoirs. J'ouvrais alors la bouche en cessant de respirer, puis avalais sans le mâcher le morceau de viande qu'il plaçait sur ma langue. « Hum, c'est délicieux, disais-je. Tu as raison : jamais tu ne l'as si bien réussi ! »

Être libre de son temps lui laissait également toute latitude de donner le sien. Car mon père était d'un dévouement incommensurable. Apprenait-il que quelqu'un se tordait de douleur quelque part, il filait sans plus attendre à son chevet. Il passa deux mois auprès de la petite fille, atteinte d'un cancer, d'un couple de ses amis : il arrivait de bon matin à l'hôpital et y restait jusqu'au soir, à raconter des histoires à l'enfant au crâne chauve et des blagues aux adultes, qu'il n'interrompait que pour aller leur chercher du café ou des sandwiches. Assistait-il aux obsèques de quelque connaissance, il venait ensuite rendre visite chaque jour pendant deux ou trois semaines à ses proches éplorés pour les distraire de leur peine. Vous pouviez compter sur lui en toute circonstance. Traversiez-vous une mauvaise passe financière, il s'arrangeait pour vous trouver de l'argent, s'il ne pouvait vous en prêter lui-même. Cherchiez-vous vainement un appartement, il prenait l'affaire en main. Il n'était pas jusqu'aux démarches administratives dont il ne se chargeât à l'occasion.

L'abnégation dont il était capable forçait l'admiration de tous, à l'exception de ma mère. Elle était la seule à ne pas chanter ses louanges ; ses actions chevaleresques l'exaspéraient même profondément. À la décharge de celle-ci, il faut bien reconnaître que mon père avait la fâcheuse habitude de voler au secours de ses semblables aux moments les plus inopportuns dans la vie de sa propre famille. Comme par un fait exprès, il disparaissait avec la voiture pour aller soutenir un ami malade au moment même où ma mère en avait besoin pour me conduire chez le médecin. Il allait en consoler un autre, en proie à un chagrin d'amour, un soir où dix personnes venaient dîner à la maison. Devait-il me garder pendant que ma mère irait chez le coiffeur ou prendre le thé chez une amie, il allait aider à déménager des gens qu'il connaissait à peine. Aussi celle-ci lui reprochait-elle sans cesse d'être la laissée-pour-compte de ses élans de générosité. Mais mon père était ainsi qu'il ne discriminait pas sa propre famille du reste de l'humanité. Tous les êtres se valaient à ses yeux. Ma mère l'envoyait-elle faire des commissions, il revenait les mains vides pour les avoir offertes en chemin à un mendiant. Il eût donné sa chemise à n'importe qui – je le vis d'ailleurs une fois se défaire en plein hiver de son manteau pour en couvrir les épaules d'un sans-abri qui tremblait de froid sur une grille de métro.

12

L'hospitalité n'était pas la moindre manifestation de la générosité de mon père. Aussi, avant comme après la Révolution islamique, notre appartement resta-t-il longtemps un point de passage pour des dizaines d'exilés politiques.

Si certains avaient quitté l'Iran légalement, la grande majorité d'entre eux avaient enduré la rudesse et bravé les dangers d'un voyage clandestin à dos de mulet à travers les montagnes du Kurdistan et de la Turquie. Une fois requinqués par la cuisine de ma mère et par les rasades de vodka que leur servait mon père, ils se mettaient à nous narrer toutes les péripéties de leur terrible odyssée.

J'adorais les écouter. Il m'arrivait de veiller auprès d'eux jusqu'au milieu de la nuit, même si cela me privait de précieuses heures de sommeil dont je sentirais le manque le lendemain à l'école. Ils avaient dormi dans des étables, passé des torrents à gué en tenant au-dessus d'eux leurs maigres bagages, traversé des villages en silence, parmi l'obscurité, marché des jours durant dans la neige ou sous un soleil de plomb, s'étaient jetés dans des fossés pour éviter les patrouilles militaires.

À force d'entendre toutes ces histoires, il m'était apparu qu'un vrai Iranien était nécessairement un fugitif. Aussi m'arrivait-il quelquefois de regretter que nous nous soyons installés en France avant la révolution : nous n'avions pas pu mettre à l'épreuve notre endurance et notre courage – nous connaissions l'exil, mais nous n'avions pas connu l'exode.

Cela ne me dispensait pas pour autant de tenir mon père pour un authentique héros. Ses publications et ses prises de position politiques lui interdisaient en effet de remettre les pieds en Iran, où elles l'auraient tout droit conduit en prison. La prescience que tout le monde lui reconnaissait au sein de la diaspora iranienne m'emplissait également de fierté : après être retourné à Téhéran dans l'euphorie qui avait suivi la fuite du shah, en février 1979, il avait été l'un des premiers à reprendre l'avion pour l'Europe, dès l'été, pressentant l'hécatombe qui allait décimer les militants gauchistes malgré leur soutien aux islamistes, auxquels les unissait une même détestation de l'impérialisme et de la bourgeoisie.

Mon père, pour qui la laïcité était une des conditions indispensables à l'avènement de la démocratie, avait du reste toujours marqué une forte défiance à l'idée que des religieux s'emparent du pouvoir. Celle-ci le retenait déjà d'accompagner ses amis en pèlerinage à Neauphle-le-Château, où l'ayatollah Khomeiny, le guide de la Révolution à venir, s'était installé en octobre 1978. Quand il y consentait, il restait sur le parking de la propriété malgré le froid ou la pluie, refusant d'aller baiser les pieds de celui en qui il ne voyait pas seulement le futur libérateur du peuple iranien, mais, derrière le vieux sage à la barbe blanche et aux goûts simples, un redoutable homme de pouvoir.

Cette petite commune des Yvelines était devenue l'improbable antichambre de la Révolution iranienne. Des dizaines de milliers de sympathisants et de fidèles y affluaient du monde entier pour approcher le patriarche et avoir le privilège d'entendre ses discours. Une fois par semaine, un convoi de voitures emplies à craquer partait ainsi de notre domicile et s'enfonçait jusqu'aux confins de cette lointaine banlieue parisienne. Vieillards, adultes, jeunes gens, enfants, tous voulaient voir le vieil homme au turban noir et à la barbe blanche, qui défiait l'une des plus anciennes monarchies du monde – il leur semblait alors, même modestement, participer à l'Histoire en marche.

Mon père assistait, consterné, au rituel qui exigeait que toutes les femmes se nouent un foulard sur la tête avant d'être autorisées à pénétrer dans la pièce où recevait l'imam. Il lui paraissait incompréhensible qu'elles ne s'offusquent pas de cette atteinte à leur liberté, alors que la plupart d'entre elles avaient l'habitude d'assister à des réunions politiques ou des soirées en compagnie des hommes, jambes et cheveux découverts, la bouche fardée et les ongles vernis, tout en fumant des cigarettes et en buvant du vin.

« Remarquez, disait-il avec ironie, c'est bien : comme ça, vous aurez de l'entraînement quand il aura pris le pouvoir. » On l'accusait de jouer les Cassandre ; son anticléricalisme d'indécrottable marxiste l'aveuglait. Mon père souriait tristement. Il étreignait alors ma mère ou une amie et lui pressait les fesses. « Profitez-en tant que vous avez des mains ! » lançait-il aux hommes qui l'entouraient. On s'esclaffait.

Bien peu pressentaient que leur joie serait de courte durée et que, passé l'euphorie révolutionnaire, ils seraient pourchassés comme des traîtres et, pour certains, tout simplement éliminés.

13

Pour l'heure, avant de revenir s'y réfugier quelques années plus tard, pour ceux qui auraient survécu à la répression mise en place par le nouveau régime, les plus politisés de ces Iraniens se réunissaient presque chaque soir dans notre appartement. Ces futurs *mohareb ba khoda* (« ceux qui sont en guerre contre Dieu », pour reprendre la terminologie islamiste) avaient les cheveux longs, les hommes aussi bien que les femmes. Ils portaient des jeans à pattes d'éléphant et des gilets en peau de mouton. Ils avaient sur le nez des lunettes à grosse monture de plastique et, aux pieds, des sabots de cuir, des sandales ou des chaussures en daim.

Tous les courants de la gauche marxiste étaient représentés parmi eux, ce qui donnait à ces soirées des allures de meetings. On trouvait là des communistes prosoviétiques, des léninistes, des trotskistes, des maoïstes, des bordiguistes, des albanistes. De vifs débats agitaient ce petit monde. Mon père ayant pour habitude de remplir de vin ou de whisky les verres de ses invités avant qu'ils ne soient vides, les esprits s'échauffaient facilement ; le ton montait parfois ; on prononçait des anathèmes ; on se traitait d'« ennemi du peuple » ou de « social-traître ».

Pour apaiser l'atmosphère, mon père relatait généralement une anecdote sur Marx, dont il connaissait la vie dans les moindres détails. Il aimait raconter par exemple la fois où celui-ci s'était fait pourchasser dans la rue par la police londonienne pour ivresse publique. Mais son histoire favorite restait la liaison du grand homme avec sa gouvernante Hélène Demuth, liaison dont était né un petit garçon, prénommé Frédéric, déclaré sans père, mais qu'Engels avait fini par reconnaître pour mettre un terme aux rumeurs malveillantes courant sur son ami. Mon père faisait rire tout le monde en décrivant les accouplements hâtifs des deux amants au fond d'un corridor obscur ; il se levait et campait le philosophe, le pantalon tombé en accordéon sur les chevilles, et sa gouvernante, les jupons retroussés jusqu'aux épaules ; c'était un spectacle.

Comme personne ne songeait à m'envoyer au lit, je restais là, au milieu de cette bruyante et joyeuse assemblée. De temps en temps, l'un des invités me passait la main dans les cheveux, me pinçait la taille ou me soulevait de terre pour me faire sauter sur ses genoux. « Et toi, petite, me demandait-il, que penses-tu de la politique du président Sadate ? Et celle de Moshe Dayan, qu'est-ce qu'elle t'inspire ? » Tout le monde éclatait de rire devant mon air interdit, et l'on me reposait sur le parquet.

Je me faufilais alors entre les jambes des adultes et rampais sous la table du salon. Avec de la mie de pain et un peu de salive, j'aimais y modeler des petites figurines, que j'appelais les « *tchériks* ». Les *tchériks* étaient des activistes de la gauche radicale en Iran, partisans de la lutte armée. Leur ennemi mortel était la Savak, la police politique secrète du shah. Comme tous les vrais résistants, ils cachaient sur eux une dose de cyanure, qu'ils avalaient quand on les arrêtait, pour ne pas livrer le nom de leurs camarades sous la torture. Mon père me disait que leur courage était sans limites. « La liberté ou la mort », telle était leur devise.

Lorsque ma mère m'ordonnait enfin d'aller me coucher, j'emportais avec moi mon armée de mie de pain et la glissais sous mon oreiller. En attendant le sommeil, j'entendais les condamnés me murmurer leurs dernières paroles, celles qui devaient leur survivre pour l'éternité : « Ne nous pleurez pas, disaient-ils, car la mort est notre victoire. Le temps viendra où, comme la liberté, nous renaîtrons en fleurs, en brise ou en rosée. Ne perdez pas de temps sur nos tombes, mais combattez comme nous ! L'avenir nous appartient. » Je me demandais souvent si j'aurais moi aussi le courage de préférer l'empoisonnement au reniement de mes idéaux.

14

À force de baigner dans ce milieu, j'étais devenue une sorte d'antenne du KGB. Je soumettais en permanence les faits, gestes et paroles de tous les gens que je rencontrais à une herméneutique implacable, dont la « lutte des classes » formait la grille de lecture. Ainsi donc, il existait deux catégories d'individus : ceux qui avaient conscience que des groupes antagonistes, aux moyens inégaux, s'opposaient dans un rapport de force dont l'issue allait déterminer l'avenir de l'humanité – c'étaient nos « alliés » communistes – ; et ceux qui, aveuglés par un essentialisme rétrograde, se contentaient d'accepter un état de fait immuable, fondé sur l'inégalité et l'injustice – c'étaient nos « ennemis », les « gens de droite », termes dont l'énoncé provoquait invariablement en moi un haut-le-cœur et des frissons de rage.

Mes instituteurs comme, plus tard, mes professeurs n'échappaient pas à ma surveillance aiguë. Certains jours, il m'arrivait de rentrer de l'école en courant à perdre haleine, pour livrer à mon père le fruit de mes observations. Sans même prendre le temps de poser mon cartable ni de me défaire de mon manteau, j'entrais en trombe dans son bureau et m'exclamais : « Behrouz, ça y est ! J'en suis sûre : madame Kourniac est communiste ! » Et, mon gros cartable toujours accroché dans le dos, je me laissais tomber sur le vieux divan qui jouxtait la table de travail de mon père.

Tel un général d'armée accueillant au rapport un sous-officier, celui-ci faisait alors lentement pivoter son fauteuil vers moi et, tout en inhalant quelques bouffées de la pipe qui ne quittait pas le coin de ses lèvres, me fixait d'un regard bienveillant et profond.

Si étonnant que cela puisse paraître, il ne jugeait pas prématurées pour mon âge ce genre de préoccupations. Cette attitude tenait au fait qu'il ne me considéra jamais réellement comme une enfant, mais comme un sujet de plein droit, doué d'un libre arbitre. À ses yeux, il n'existait aucune hiérarchie entre nous. D'ailleurs, je ne devais pas l'appeler « papa », terme qui aurait selon lui marqué mon infériorité par rapport à lui, mais par son prénom. Lui-même s'adressait toujours à moi comme à une adulte – j'étais son égale.

« Qu'est-ce qui te fait penser une chose pareille, Samanou ? me demandait-il.

– Eh bien, lui répondais-je en me redressant, elle nous a dit que la conquête de l'Amérique était fondée sur la confiscation puis l'exploitation des terres de ces pauvres Indiens par les Blancs. Donc elle n'est pas pro-américaine ni capitaliste !

– Tu as de toute évidence raison, ma fille, me disait mon père en souriant. Madame Kourniac doit probablement être de gauche. Je te félicite pour ta perspicacité. »

À compter du moment où mon père confirmait mes intuitions, j'étais prise d'une admiration sans bornes pour mes professeurs et n'écoutais plus leur enseignement que dans une sorte de ferveur religieuse. Ils étaient des nôtres.

15

Parmi les dizaines de personnes que mes parents accueillirent au cours de toutes ces années, Shadi Khanoum fut l'une de celles qui demeurèrent le plus longtemps chez nous.

Pour notre famille, Shadi Khanoum, c'était d'abord une anecdote.

Un jour que, du temps du shah, elle avait été conviée chez ma grand-mère pour y prendre le thé, cette femme d'un colonel de l'armée impériale s'était mise à évoquer avec nostalgie le destin tragique de la princesse Soraya, deuxième épouse du shah, que celui-ci avait dû se résigner à répudier, car elle ne pouvait lui donner d'héritier.

« Mais, chère madame, dit soudain mon père avec l'esprit provocateur qui le caractérisait, le plus tragique n'était pas qu'elle fût stérile, mais clitoridienne !

– Comment cela, mon cher ? s'exclama l'honorable dame qui entendait manifestement ce mot pour la première fois. *Clitoridienne*, dites-vous ?

– Absolument ! maintint mon père avec solennité. Clitoridienne !

– Ça alors ! reprit son interlocutrice. Mais en êtes-vous bien sûr ? Ne serait-ce pas là quelque rumeur malveillante colportée par de mauvais sujets voulant salir la cour ?

– Absolument pas ! lui retourna mon père. Je peux vous affirmer qu'elle l'était. Et pas qu'un peu, avec ça !

– Mais c'est incroyable, ce que vous m'apprenez là ! s'écria Shadi Khanoum. Je n'aurais jamais pensé qu'elle se mêlât de politique. Le *darbar*[1] était-il au courant ?

– Évidemment ! poursuivit mon père, imperturbable, tandis que tous les convives baissaient la tête, partagés entre l'embarras et l'hilarité. Ce n'était un secret pour personne. C'est d'ailleurs cela qui a précipité sa perte. Imaginer notre shah avec une femme clitoridienne, c'est impossible, vous en conviendrez.

– Je vous crois bien ! abonda son interlocutrice offusquée. Tout vaut mieux que cela, même les démocrates ! Moi qui ai tant pleuré sur le sort de cette pauvre femme, eh bien je le regrette infiniment à présent », conclut-elle en chassant du revers de sa main aux doigts chargés de diamants d'inexistants grains de poussière sur sa jupe en taffetas.

Ma grand-mère jetait depuis le début de la conversation des regards de fureur à son fils, tandis que, les uns après les autres, tous les hommes de l'assemblée, mon grand-père y compris, quittaient discrètement le grand salon pour rejoindre le corridor, où, les

1. La cour du shah.

joues gonflées, le visage congestionné, le ventre agité de spasmes, se tenant les côtes, ils tentaient d'étouffer ce fou rire qu'ils ne pouvaient contenir plus longtemps, sous les yeux médusés des domestiques, cependant que, toujours maître de soi, mon père se saisissait d'un geste maniéré de la théière.

« Un peu plus de thé, chère madame ?

– Bien volontiers, mon cher Behrouz. Ah, je ne vous remercierai jamais assez de m'avoir éclairée. Quand je vais raconter ça à mon mari… »

16

Mon père était coutumier de ce genre de frasques. Il était même réputé pour cela, bien au-delà du cercle de ses relations. Malgré la peine que j'éprouvai ce jour là, force m'est d'ailleurs d'avouer que ses obsèques furent les plus drôles que j'aie jamais connues, car tout le monde se mit alors à rapporter une anecdote truculente à son sujet.

Qui se souvenait de la fois où, dans un restaurant, Behrouz s'était fait passer pour aveugle auprès du personnel et avait joyeusement renversé jusqu'à la fin du repas tout ce qu'on lui servait. Qui se rappelait cette autre fois où, lors d'une fête de famille, il était parti en catimini se raser la moustache, pour reprendre, sitôt fait, sa place à table comme si de rien n'était, rétorquant aux convives qui avaient fini par remarquer son changement de physionomie : « Et vous vous en apercevez seulement aujourd'hui ? Mais cela fait plus de cinq ans que je ne porte plus la moustache ! » Qui encore se remémorait cette réception qu'un ministre du shah, dont l'épouse était une amie de ma grand-mère, avait donnée pour célébrer ses cinquante ans de mariage, et au cours de laquelle, fumant le cigare avec lui sur la terrasse, il avait subitement dit au vieil homme : « C'est admirable de rester un demi-siècle avec la même personne, tout bonnement admirable... Mais, entre nous, monsieur le ministre, répondez-moi franchement, combien tirez-vous de coups par semaine ? »

Qui, enfin, évoquait le soir où il l'avait entendu répondre à de jeunes miliciens qui, l'ayant arrêté à un carrefour de Téhéran, lui avaient demandé s'il avait bu de l'alcool : « Mais bien sûr que j'en ai bu ! Je suis même complètement bourré, si vous voulez savoir. » Contre l'usage qui, en Iran, veut que la dénégation ait force de droit, il avait maintenu cet aveu jusqu'au poste, pendant toute une journée, embarrassant même les miliciens, qui, par respect pour ses cheveux blancs, lui murmuraient : « Niez, mais niez donc, grand-père ! Votre place n'est pas ici, mais auprès de vos petits-enfants. »

Je me souvenais moi-même de ce jour où, lors d'une rencontre parents-professeurs au collège, il s'était présenté, à ma plus grande honte, vêtu d'un bleu de travail devant madame Schilling, ma professeur d'allemand, se faisant passer durant tout l'entretien, en parlant avec un accent iranien à couper au couteau, pour un ouvrier immigré et analphabète, afin de prouver à l'enseignante qu'une élève aussi brillante que moi pouvait être issue des classes populaires.

Jusqu'à mes dix ans, c'est-à-dire à partir du moment où – sa relation avec ma mère se dégradant sérieusement et l'inachèvement de sa thèse instillant peu à peu en lui un sentiment de ratage qui le rendait amer – sa drôlerie commença à s'atténuer, je crois bien qu'il ne se passa pas un jour sans que mon père soit l'auteur de quelque facétie ni de quelque mystification – la vie avec lui semblait un éternel 1er avril.

J'étais moi-même tellement accoutumée à cette atmosphère potache que, quelqu'un sonnait-il à l'improviste à la porte sans que nulle farce, nul canular n'ait été prévu à son intention, je me mettais à trépigner de rage et de désespoir. Je voulais aller chercher le coussin péteur ou le verre baveur. Je suppliais les adultes présents d'improviser quelque chose, n'importe quoi, de placer un seau en équilibre sur la porte, de se cacher sous les canapés et les lits, de se déguiser avec les rideaux, de se faire des turbans avec les serviettes de toilette, de prendre une mine catastrophée en annonçant que le shah était mort ou de crier de joie en disant que les Soviétiques avaient envahi l'Iran. Mon père me calmait alors en me promettant qu'il raconterait une blague.

C'était un extraordinaire conteur en la matière. Dans ce genre si stéréotypé, il parvenait à s'octroyer une véritable liberté de romancier, de telle sorte que même celles que vous l'aviez écouté raconter dix fois vous paraissaient neuves à chaque reprise. Il en connaissait des centaines, qu'il était capable de convoquer d'autant plus aisément qu'il tenait en permanence serré dans une des poches intérieures de sa veste un petit carnet où il les consignait toutes, selon un code bien particulier, n'en transcrivant en effet que trois ou quatre mots. Sur des dizaines de pages se suivaient ainsi d'étranges, presque surréalistes, associations de termes, telles que « prison-turc-sodomie », « placard-mari-brocoli » ou encore « perroquet-préservatif-congélateur »…

Même gravement malade, mon père ne renonça pas à ses facéties. Un des derniers matins de sa vie, alors qu'il attendait ma mère affairée au supermarché, une soudaine fatigue l'obligea à s'asseoir sur un banc. Tandis qu'il se tenait là, courbé, les coudes appuyés sur les jambes, les avant-bras pendant entre les cuisses, il pensa qu'il suffirait d'une légère torsion de son poignet droit pour que l'une de ses mains offre sa paume au ciel et le change en mendiant. Soudain, l'idée de vivre cette expérience avant de mourir, comme d'autres choisiraient de faire un saut en parachute ou une croisière autour du monde, l'emplit d'une joie enfantine. Les yeux rivés au sol, il tentait de deviner le mouvement des passants tout autour de lui. Certains ralentissaient, s'arrêtaient, le couvrant quelques instants de leur ombre anonyme. Il les entendait fouiller dans une poche ou au fond d'un porte-monnaie, puis, tout à coup, sentait au creux de sa main le contact froid des petites pièces qu'ils y disposaient sans mot dire.

Cet argent qui avait été mendié prit à ses yeux une valeur presque sacrée, et il nous interdit de le dépenser. Ces quelques pièces, disait-il, étaient le symbole de ce que l'homme a de meilleur ; elles étaient la matérialisation même de la générosité, et, mieux encore, de l'amour. Si le monde auquel il avait cru n'était pas advenu, au moins avait-il pu vérifier avant de quitter cette vie qu'on emplissait la main de celui qui la tendait. Ma mère, mon frère et moi-même ne passions plus devant ces quelques euros sans un frisson. Nous leur devions respect et déférence. Et, même après sa mort, nous n'avons pas osé y toucher.

17

Pour en revenir à elle, Shadi Khanoum nous était arrivée un jour de l'automne 1979. Bien que rompus à l'hébergement de leurs compatriotes exilés, mes parents attendaient sa venue avec plus de fébrilité que d'ordinaire. De Téhéran, ma grand-mère elle-même les avait accablés par téléphone de recommandations en tout genre pour l'accueil de cette hôte pas comme les autres, à laquelle ils se devaient d'offrir des conditions de vie dignes de son rang, jusqu'à les exhorter de ressortir le service à thé en porcelaine de Limoges qu'elle leur avait offert quelques années plus tôt, lors d'un de ses séjours à Paris, non sans vérifier au préalable qu'il n'y manquait aucune pièce, comme si Shadi Khanoum venait chez nous en villégiature et non pour fuir un régime politique qui détenait son mari dans ses geôles.

Shadi Khanoum était exemplaire de cette caste de parvenus qui entouraient le shah et dont les excès et la suffisance étaient tenus par certains pour les catalyseurs de la fureur populaire qui avait emporté la dynastie Pahlavi. Elle avait été l'une des femmes les plus en vue de la cour. D'après ma grand-mère, sa collection de bijoux, qui ne sortaient jamais des coffres de la banque où elle les conservait précieusement et dont elle ne portait que des répliques les soirs de gala, faisait pâlir de jalousie jusqu'à l'impératrice Farah Diba en personne.

Le mariage de son fils aîné révéla bien la folie des grandeurs qui s'était emparée de ce milieu. Afin de le rendre inoubliable, Shadi Khanoum, qui vouait un véritable culte à ce livre, au point d'en avoir vu dix fois l'adaptation cinématographique, s'était ainsi inspirée pour la circonstance de la propriété de Scarlett O'Hara, l'héroïne d'*Autant en emporte le vent*, pour décorer sa propre villa. Des dizaines de cygnes blancs, importés d'Australie, évoluaient sur le lac artificiel de l'immense jardin qui l'entourait. D'énormes brassées de roses et de lys, acheminés des quatre coins du pays, ornaient le rebord des fenêtres et les balustrades, dont le parfum capiteux stagnait dans l'air étouffant de cette soirée caniculaire. Un orchestre composé de musiciens en habit traditionnel faisait danser la noce sur les rythmes entraînants de vieux standards iraniens. Mais le clou de la soirée devait être l'arrivée triomphale des époux à bord d'une calèche, rehaussée de dorures, tirée par deux étalons blancs.

J'ai conservé un souvenir d'autant plus vif de cette fête, à laquelle, en vertu de l'amitié qui unissait la femme du colonel et ma grand-mère, mes grands-parents, mes parents et moi-même avions été conviés, qu'un événement s'était produit au moment où la voiture s'engageait dans l'allée principale de la propriété. Effrayés par les flambeaux qui la bordaient, ainsi que par le monde et le bruit, les deux pur-sang anglais qui en formaient l'attelage se cabrèrent soudain en hennissant et partirent au galop à travers la foule des invités, traînant derrière eux la calèche bringuebalante, d'où montaient les hurlements terrorisés de la mariée. Un mouvement de panique s'empara des convives, et une formidable bousculade s'ensuivit. On courait en tous sens, on se cognait les uns aux autres, on trébuchait, on tombait, on rampait sous les tables, tandis que la voiture, que son cocher, debout sur le siège, tentait vainement d'arrêter en tirant sur les brides, poursuivait sa course folle sur la pelouse en soulevant derrière elle de grosses mottes de terre.

Dans la confusion, tout fut renversé, piétiné, éparpillé, les bouteilles de champagne et les coupes de cristal, les plateaux de petits-fours, les corbeilles de fruits, les saladiers de dragées et les compositions florales. En quelques instants, le parc de la villa ne fut plus qu'un vaste champ de ruines, où criaient et fuyaient des centaines de personnes aux smokings et robes de bal froissés, tachés, crottés, déchirés, en se prenant les pieds dans les immenses nappes blanches des buffets, qui se tordaient au sol.

Comme l'enfant que j'étais alors tremblait de peur dans sa jolie robe à smocks rose bonbon et ses babies vernis, mon père m'avait prise entre ses bras et avait décidé de me ramener à la maison. Il était furieux, mais je sentais obscurément que l'objet de son exaspération dépassait l'incident qui venait de se produire, que celle-ci était plus profonde. Sitôt eûmes-nous rejoint notre voiture, il laissa éclater sa colère. « Bande de pantins grotesques ! lâcha-t-il entre ses dents crispées. Ils ne savent plus quoi inventer pour dépenser leurs fortunes volées. Mais ils ne perdent rien pour attendre. Qu'ils s'amusent donc et qu'ils continuent à danser ! Leur temps est compté, la fête touche à sa fin. » La voiture démarra. « Vois-tu, Samanou, continua-t-il en s'adressant à moi comme si j'étais en âge de comprendre, ce qui s'est passé ce soir n'est qu'une préfiguration. Un jour prochain, les domestiques de tous ces parvenus s'assoiront dans leurs fauteuils dorés et se rouleront dans leurs draps de soie. Tu verras. »

18

Mon père ne croyait pas si bien dire : trois ans plus tard, les avenues désertes sur lesquelles nous roulions cette nuit-là étaient envahies par la foule noire de la révolution. Tandis que cette marée humaine déferlait sur la ville en réclamant la tête du shah et de ses affidés, la plupart des invités de la noce que nous avions quittée précipitamment étaient sur le départ.

Dans leurs villas transformées en ruches, les femmes de chambre s'agitaient autour des malles et des valises cependant que les secrétaires faisaient brûler des liasses de documents dans la cheminée du salon et que les maîtres confiaient à leurs majordomes ou à leurs chauffeurs les clefs de la propriété – ils ignoraient alors qu'ils n'y reviendraient plus. Persuadés que leur exil était momentané et que l'agitation de tous ces gueux dépenaillés et fanatisés serait tôt ou tard matée par l'armée impériale, ils filaient s'installer dans leurs somptueuses résidences secondaires de Genève, de Paris ou de Beverly Hills, où ils finiraient par s'éteindre les uns après les autres dans l'espoir jamais mort d'un retour au pays. Mais tous ne connaîtraient pas ce destin doré.

Contraint de rester du fait de ses fonctions dans l'appareil militaire, et sans doute aussi en raison de son sens de l'honneur, l'époux de Shadi Khanoum avait été parmi les premiers à être emprisonnés. Tandis qu'il attendait son procès devant un tribunal révolutionnaire islamique en comptant les heures entre les murs de sa cellule, sa femme avait été confinée dans l'une des chambres de bonne de leur immense villa, que les nouvelles autorités venaient de réquisitionner pour y loger plusieurs familles de prolétaires du quartier, comme cela se pratiqua dès l'instauration de la République islamique.

L'une de ces familles n'était pas totalement inconnue de l'épouse du colonel. C'était celle, nombreuse, du vendeur ambulant de cigarettes et de chewing-gums du coin de la rue, devant l'étal modeste duquel elle passait chaque jour en achevant d'enfiler ses gants de soie sur la banquette arrière de sa Cadillac.

Un an plus tôt, ayant appris par sa cuisinière que la fille cadette du pauvre vendeur avait été amputée d'une jambe par suite d'un diabète mal soigné, Shadi Khanoum, touchée jusqu'à l'âme, avait été rendre visite à ces pauvres malheureux pour leur témoigner sa sollicitude, joignant à sa démarche quelques billets de banque, une boîte de chocolats et un carré de soie de la marque Dior pour la petite.

Dans une certaine mesure, cela lui était à présent une consolation de voir son rez-de-chaussée investi par des gens qui ne lui étaient pas complètement étrangers. Elle escomptait en outre qu'ils lui sauraient suffisamment gré de la magnanimité dont elle avait fait preuve à leur égard pour ne pas saccager son mobilier Louis XVI, ses tapis, ses bibelots, et veiller sur la précieuse collection de papillons exotiques du colonel.

Quand, après quelques mois passés à tenter d'obtenir la libération de ce dernier, elle s'était en désespoir de cause résolue à quitter le pays sur l'insistance de ses fils et du prisonnier lui-même, qui craignaient qu'elle ne soit arrêtée à son tour, Shadi Khanoum n'avait pu s'empêcher de laisser aux nouveaux occupants de sa maison une liste de consignes, relatives à l'entretien des lieux, comme s'ils avaient été ses locataires. Elle ne pouvait imaginer qu'ils y vivraient encore vingt ans plus tard, et encore moins que la rue longeant son ancienne demeure serait rebaptisée de leur nom de famille après la guerre contre l'Irak, en hommage aux sept fils que le vendeur de cigarettes et de chewing-gums avait offerts en martyrs au djihad.

19

Shadi Khanoum se précipita dans la salle de bains sitôt eut-elle franchi le seuil de notre appartement. Ainsi qu'elle nous le confierait au sortir de la pièce, elle avait pris soin en quittant sa maison d'emballer ses deux plus gros diamants dans des sachets en plastique, qu'elle avait précautionneusement introduits dans ses – elle s'interrompit un instant en baissant les yeux sur ses pieds, avant que de poursuivre, légèrement rougissante – dans ses parties les plus intimes. Certaines personnes très avisées de son entourage lui avaient plutôt conseillé de les avaler, l'assurant que ses intestins les lui restitueraient sans aucune difficulté et dans leur plus parfaite intégrité, mais elle n'avait pu se résoudre à mêler ces merveilles de joaillerie, que lui avait offertes son cher époux, à des déjections, fussent-elles les siennes.

Quand elle se fut assise sur le rebord du canapé du salon, Shadi Khanoum, les mains posées sur les genoux, le buste droit, nous déclara d'une voix solennelle, bien que chevrotante : « Mes enfants, vous êtes mes sauveurs, et moi, je suis votre obligée.

Aussi, je tiens à ce que mon importune présence vous inflige le moins de désagrément possible. Je ne désire aucun égard particulier tant que mon pauvre mari croupira dans sa cellule. C'est à lui que nous devons penser, et pas à moi… Et, de grâce, poursuivit-elle, oubliez "Khanoum[1]" et appelez-moi "Shadi". Vous ne devez plus voir en moi la femme du colonel Farfani, mais votre humble servante. » Et, levant un regard de tragédienne au-dessus de nous, d'ajouter cette phrase qui nous laissa muets quelques instants : « Au reste, les armées mortes n'ont plus de colonel. »

Ayant ramené vers nous ses yeux brouillés de larmes, elle demanda ensuite à ce qu'un petit matelas en mousse soit disposé à son intention sous le ficus du salon : « Cela me rappellera mon petit jardin », dit-elle en faisant référence aux quelques hectares, plantés d'arbres centenaires, du parc qui entourait son ancienne demeure. Comme mes parents protestaient, insistant pour qu'elle accepte de s'installer dans leur chambre à coucher afin d'y avoir un peu d'intimité, elle déclara en portant une main sur son front : « Je vous en conjure, mes bons, n'ajoutez pas la honte à mon extrême embarras. »

Ainsi donc, plusieurs mois durant, nous nous habituâmes à trouver chaque matin dans notre salon une dame d'âge mûr, au maintien digne, portant une robe de chambre en organdi, qui trempait dans une tasse de thé deux biscottes parcimonieusement

1. En farsi, le terme *khanoum* signifie « madame ». Son usage est une marque de respect.

tartinées de marmelade, dont elle détachait son regard pour lever vers nous des yeux encore rougis par l'insomnie.

Tandis que nous déjeunions, nous l'apercevions, vêtue maintenant d'un justaucorps, pratiquer sa gymnastique quotidienne à l'aide d'un exerciseur de fabrication américaine, nommé *Body Shaper*, dont elle fixait les câbles élastiques à la poignée de la porte de la cuisine. Puis, après s'être apprêtée, elle allait prendre place à une extrémité du canapé, tout près du téléphone, où elle passait le plus clair de ses journées, dans l'attente d'improbables nouvelles de son mari ou de ses fils, tuant les heures en se limant les ongles, puis en les vernissant d'une solution rose et nacrée, avant de s'absorber dans la contemplation des quelques rares photos de famille qu'elle avait emportées dans son exil, lesquelles lui semblaient désormais plus que le témoignage d'un passé lointain, mais les derniers vestiges d'une époque à jamais révolue.

Le soir, elle se contentait pour le dîner de quelques cuillérées d'un bouillon de légumes, qu'elle s'obstinait à préparer elle-même, demeurant de longues minutes debout devant la gazinière, le regard plongé dans la petite casserole dont elle tournait sans fin le contenu, comme si les images de sa tragédie flottaient à la surface du liquide jaunâtre.

20

L'humour de mon père ne contribua pas peu à adoucir le triste sort de la femme du colonel. Dès qu'il la sentait plus mélancolique qu'à l'accoutumée, il tentait de l'égayer par un bon mot ou une histoire drôle, qu'elle accueillait généralement en gloussant, sa main potelée placée devant ses fines lèvres fardées. Il lui fit visiter Paris ; il l'emmenait au cinéma ; comme elle avait fait la demande d'un visa pour les États-Unis, où l'un de ses fils avait trouvé refuge, il l'accompagnait à l'ambassade américaine pour s'enquérir de l'avancée de son dossier.

Entre cette monarchiste et ce gauchiste que tout opposait finit peu à peu par se créer une sorte de complicité, si bien qu'il n'était pas exceptionnel que, rentrant de l'école, je les surprenne tous les deux, assis côte à côte sur le canapé du salon, en train de bavarder autour d'une tasse de thé. Les semaines passant, mon père s'autorisa à aborder avec elle des sujets historiques, puis économiques et politiques, comme la confiscation des richesses sous le régime du shah, qui avait conduit à la paupérisation des classes moyennes, ou bien encore le démantèlement par la réforme agraire des anciens réseaux communautaires et ruraux.

Shadi Khanoum l'écoutait religieusement. On eût dit une petite fille. Elle cherchait sa place dans la société que son hôte lui décrivait, sans parvenir à la trouver ; ce monde avait pourtant été le sien ; mais elle y avait vécu comme elle en avait été bannie, c'est-à-dire sans bien savoir comment ni pourquoi. Même si elle avait conscience de n'être pour rien dans le détournement de la rente pétrolière ni dans l'exploitation du prolétariat par le « surtravail », pour reprendre la terminologie marxiste de mon père, elle ne pouvait s'empêcher de se sentir un peu coupable. N'aurait-elle pas, à son modeste niveau, contribué quelque peu au déséquilibre social de son pays en abusant de ses avantages de femme riche ? N'aurait-elle pas gagné à être plus généreuse avec ses domestiques et moins outrancière dans ses dépenses ? Une chose était sûre : Shadi Khanoum n'avait jamais autant réfléchi. Elle en avait des migraines.

Elle en faisait même des cauchemars. Des visions l'éveillaient au milieu de la nuit : l'ancien vendeur de cigarettes et de chewing-gums du coin de sa rue venait lui réclamer ses diamants en brandissant au-dessus de sa tête l'un de ses fauteuils Louis XVI, ou bien le colonel se dressait devant elle, vêtu d'un pyjama rayé, les chevilles entravées par de grosses chaînes reliées à un boulet, et, fixant sur elle des yeux pleins de colère, ses sourcils broussailleux hérissés en forme de V, lui disait de sa grosse voix de baryton : « Qu'est-ce que c'est que ces histoires de kleptocratie ? »

La délivrance de son visa pour les États-Unis s'éternisait. L'automne passa. Le rafraîchissement de la température l'obligeait à remettre invariablement le seul vêtement un peu chaud qu'elle avait emporté, un twinset en cachemire, qui lui avait paru suffisant pour affronter les rigueurs aimables du climat californien, et qu'elle lavait et repassait sans fin.

Un jour, par un noir matin d'hiver, tandis que Shadi Khanoum prenait sa douche, je surpris mes parents en plein conciliabule dans la cuisine. Un appel téléphonique venait de les informer du décès brutal du colonel, qui avait succombé à une crise cardiaque dans sa cellule, la veille même de son procès, devançant ainsi de quelques jours la mort qui l'attendait de toute façon. C'est évidemment à mon père qu'incombait le lourd devoir d'annoncer la nouvelle à Shadi Khanoum. Il n'eut pas besoin de parler quand elle fut sortie de la salle de bains : à sa mine grave, à sa manière d'avancer vers elle les bras écartés, elle comprit de quoi il retournait. Elle se laissa choir entre les bras de mon père, le corps soudain sans vie, le visage blême, la bouche réduite à une béance muette et crispée.

Shadi Khanoum nous quitta quelques jours plus tard, ayant enfin obtenu son visa pour les États-Unis. Bientôt, sa place était occupée par une ancienne camarade de faculté de mon père, militante du parti des travailleurs, que les autorités venaient de relâcher en contrepartie d'aveux publics, par lesquels elle avait dû renier ses convictions et confesser qu'elle était à la solde des Américains.

21

Le relatif assouplissement politique du régime islamique par suite de l'élection du président réformateur Mohammad Khatami en 1997 fut la première raison pour laquelle, quand il se sépara de ma mère, mon père choisit de retourner en Iran, où il n'avait plus posé les pieds depuis près de vingt ans, plutôt que de rester à Paris, ville qui était en outre irrémédiablement associée à l'échec de son mariage et à celui de sa thèse.

Après quelques semaines d'insouciance en compagnie de Bibi, dont les élans passionnés l'enivrèrent comme un jeune homme vivant son premier grand amour, il partit à la recherche de ses vieux amis communistes, dont il n'avait cessé, deux décennies durant, de recevoir de tragiques nouvelles : comme il l'aurait été s'il n'avait pas quitté Téhéran six mois après la Révolution, la plupart avaient été arrêtés, emprisonnés et torturés sous l'accusation de faits de subversion, de complot contre l'État ou de collusion avec l'étranger.

Il n'en retrouva d'abord aucun : après avoir purgé leur peine (pour ceux qui n'avaient pas été purement et simplement exécutés), le plus grand nombre d'entre eux s'étaient exilés ; quant à ceux qui étaient restés, ils s'étaient comme volatilisés. Persécutés par deux régimes successifs, celui du shah puis celui des ayatollahs, ces militants s'étaient plus exactement fait broyer : l'Histoire s'était refermée sur eux comme les mâchoires d'un étau. Mon père poursuivit nonobstant ses recherches. Et enfin apparurent quelques survivants de cette armée des ombres. Bijan fut le premier.

22

Vingt ans plus tôt, Bijan et mon père formaient un duo inséparable. Malgré leur différence de caractère et quelques divergences d'ordre théorique (le premier était un maoïste impulsif, partisan de l'action, quand le second, marxiste-léniniste, avait une approche plus intellectuelle et plus mesurée des choses), ils partageaient la même conviction : le progrès, qu'il soit politique, social ou économique, était l'horizon de la civilisation, et le communisme marquerait son avènement. Un mouvement était né avec la philosophie des Lumières, qui avait poussé à partir de la fin du XVIIIe siècle les peuples à se libérer les uns après les autres de leurs chaînes ; mais la démocratie n'était qu'une étape de ce processus, et non sa fin ; l'exploitation de l'homme par l'homme ne serait définitivement abolie qu'avec la suppression de la bourgeoisie et la collectivisation des moyens de production – alors lui succéderait une société sans classes.

Bijan et Behrouz étaient si proches qu'il leur arrivait de cosigner quelques articles. Le dernier, intitulé : « La "croissance miraculeuse" et le bouleversement », et qui portait sur la situation économique de l'Iran de ces années-là, paraîtrait dans une livraison de l'automne 1978 du *Monde diplomatique*.

Ils avaient commencé à l'écrire l'été précédent, à Gigouzac, un petit village reculé du Lot, où ils avaient loué une petite maison à un couple de paysans du coin, prénommés Robert et Françoise. Ma mère, Shirin la femme de Bijan, leur fils Anoush et moi les accompagnions. Nous y avions passé tout le mois d'août.

Après quelques jours de suspicion, les habitants avaient fini par nous prendre en sympathie. Il faut dire que Bijan et Behrouz ne reculaient devant rien pour se fondre dans la vie locale, jusqu'à prêter main-forte aux autochtones dans les travaux des champs. Bientôt nous fûmes de toutes les fêtes, où les deux hommes, comme gage ultime de leur acculturation, ne rechignaient pas à « boire le canon ». Nous sûmes que nous étions définitivement adoptés le jour où, ayant hissé mon père sur la longue table d'un banquet, cinquante personnes se mirent à entonner en chœur cette chanson : « Ami Behrouz, lève ton verre, et surtout ne le renverse pas ! Et porte-le du frontibus au nasibus, du nasibus au mentibus, du mentibus au ventribus, du ventribus au sexibus, et glou et glou et glou et glou… ! Il est des nô-ôtres, il a bu son verre comme les au-autres. C'est un ivro-ogne, ça se voit rien qu'à sa tro-ogne ! »

Ces gens frustes et simples, qui n'avaient jamais vu d'étrangers et nous prenaient pour des Arabes, étaient persuadés que nous étions les héritiers de quelque riche magnat du pétrole. Que nous ayons préféré leur campagne rude et rocailleuse aux plages de Deauville ou de Saint-Tropez faisait de nous des excentriques. Mon père et Bijan s'amusaient du reste à entretenir le mythe en s'enquérant régulièrement du prix des terrains alentour et des fermes à l'abandon, comme s'ils songeaient à en faire l'acquisition. En les regardant dans cette tenue qu'ils ne quittaient plus depuis leur arrivée ici, faite d'un sarrau, d'un pantalon de grosse toile et d'une paire de sabots, Zâhra et Shirin se demandaient parfois s'ils n'en avaient pas sérieusement le projet.

« Élever des chèvres ici, sans moi ! murmurait ma mère en tournant les talons.

– Sans moi non plus ! » lui faisait écho Shirin en lui emboîtant le pas.

Chaque après-midi, laissant leurs maris écrire ou moissonner, elles nous emmenaient, Anoush et moi, au bord de la rivière, où nous jouions des heures, sous l'œil des deux jeunes femmes, qui, allongées sur les galets, la tête protégée par un chapeau de paille, faisaient dorer leurs corps de tanagras au soleil du Midi.

Nous profitions parfois de la sieste dans laquelle elles glissaient pour échapper à leur surveillance et aller fouiller les granges et les étables des fermes voisines. Endoctriné par son père, pour qui la révolution commencerait dans les campagnes, sur le modèle des guérillas du Hunan que Mao Zedong avait soulevées en 1927, Anoush était en effet persuadé que, jusqu'au gentil Robert qui nous apportait chaque matin du lait et des œufs, et à sa femme, la rubiconde Françoise, qui plumait placidement les poules assise sur un tabouret à l'ombre de son figuier, tous les paysans cachaient des armes chez eux.

Je le suivais le plus souvent à contrecœur, car mes convictions sur le sujet ne recoupaient pas exactement les siennes. À mon sens, c'est-à-dire avant tout à celui de mon père, la révolution ne pouvait venir que des ouvriers citadins, sur le modèle bolchevique. C'est pourquoi je trouvais mon camarade bien naïf d'imaginer que ces paisibles personnes puissent du jour au lendemain être animées par le feu de la révolte. Comment faisait-il pour ne pas voir qu'elles étaient attachées à leurs terres et à leurs bêtes comme à la prunelle de leurs yeux ? Ces gens étaient certes pauvres, ce qui était incontestablement le signe qu'ils étaient exploités, mais comment croire qu'ils accepteraient un jour de renoncer à leurs biens et de souscrire à l'abolition de la propriété ?

« Finalement, disais-je, c'est rien que des bourgeois.

– Non, c'est des prolétaires opprimés ! s'insurgeait Anoush.

– Des bourgeois, j'te dis !

– Non, des prolétaires opprimés ! »

23

Deux ans après nos vacances à Gigouzac, Bijan, qui était retourné s'installer en Iran après la chute du shah pour apporter sa pierre à l'édification d'une société plus juste, était tiré hors de son lit à l'aube et, devant sa femme et son fils, jeté sans ménagement dans une jeep des Gardiens de la révolution pour avoir eu l'audace de faire imprimer un libelle dénonçant les dérives du nouveau régime. « Nous n'accepterons jamais qu'une forme de dictature, concluait-il dans son ouvrage, celle du prolétariat. » Il n'imaginait pas que cela le conduirait en prison.

Humilié, battu, torturé, il y passa cinq ans. Il en sortit brisé.

Lorsqu'il se retrouva face à lui dans l'appartement modeste qu'il occupait seul dans une des banlieues sud de Téhéran, Behrouz fut pris d'une gêne incommensurable. Il ne savait que lui dire, il n'osait le regarder. L'homme le dévisageait sans un mot, avec une expression impénétrable, les mains autour de sa tasse de thé. Le silence embarrassé qui pesait sur eux et cousait leurs lèvres ne tenait pas simplement aux vingt ans qui s'étaient écoulés depuis la dernière fois qu'ils s'étaient vus. Mon père se sentait soudain coupable de n'avoir pas été embastillé lui aussi : on ne l'avait pas tabassé à coups de matraque, on ne lui avait pas arraché les ongles, on ne l'avait pas enfermé un mois durant dans une pièce sans fenêtres, éclairée continûment par une lumière aveuglante, on ne l'avait pas forcé à réciter des prières pendant des jours entiers. Nul ne lui avait jamais fait abjurer publiquement ses convictions. Il n'avait somme toute payé aucun tribut à ses idéaux de jeunesse – il avait même eu le luxe d'y croire sans risque, confortablement, bourgeoisement presque, jusqu'à l'orée de la vieillesse.

Devant cet homme auquel on avait interdit d'enseigner, comme, plus largement, d'occuper tout poste dans la fonction publique, et qui en avait été réduit à faire chauffeur de taxi, il eut même honte de n'avoir pas achevé sa thèse. Il aurait voulu fuir.

24

Le second ami que retrouva mon père à son retour en Iran fut Ghaffar. Contrairement à Bijan, l'instauration de la République islamique ne l'avait pas broyé – elle l'avait simplement, comme il disait, « pilonné ».

Ghaffar était écrivain en effet. Jugés tout à la fois contre-révolutionnaires, attentatoires aux bonnes mœurs et d'inspiration occidentale, les quelques romans qu'il avait fait paraître avant 1979 avaient été les uns après les autres mis à l'index, c'est-à-dire tout bonnement brûlés. Depuis, Ghaffar n'écrivait plus que des recueils de poésie, que le tout-puissant ministère de la Culture et de l'Orientation islamique, lorsqu'il les lui soumettait pour imprimatur, lui censurait d'ailleurs trois fois sur quatre.

Il faut dire que son thème de prédilection n'avait pas l'heur de plaire aux mollahs, c'était même précisément le thème qu'ils détestaient par-dessus tout. Car il s'agissait de la femme, et plus particulièrement de la jeune fille, dont il ne cessait de chanter et d'idéaliser les charmes à longueur de vers.

Ghaffar n'avait pas eu besoin d'aller bien loin pour nourrir son inspiration. L'appartement dans lequel il vivait, au rez-de-chaussée d'un petit immeuble de Vanak[1], était en effet situé à côté d'une mosquée abritant un poste de miliciens. Chaque soir, et jusque tard dans la nuit, les 4×4 verts de ces gardiens des bonnes mœurs, vêtus d'un treillis et arborant une barbe, y débarquaient des dizaines de jeunes filles, surprises dans quelque fête clandestine des beaux quartiers ou simplement dans quelque jardin public en compagnie de leur petit ami, afin de leur rappeler les principes moraux de la République islamique, lesquels disposent qu'une femme vertueuse ne fréquente pas d'homme auquel elle ne soit liée par les liens du sang ou du mariage, qu'elle ne s'expose pas en cheveux en public, non plus que vêtue d'habits moulants ni chaussée de sandales ouvertes, qu'elle ne danse pas sur de la musique anglo-saxonne ni, encore moins, ne boive de l'alcool.

On les relâchait au petit matin, à l'issue d'un long sermon et après leur avoir arraché une lettre de repentir. Quant à celles dont on jugeait l'allure par trop indécente, il leur fallait attendre au poste qu'un membre de leur famille vienne les chercher en voiture, jusqu'à la portière de laquelle il n'était pas rare que les *bassidjis* forment une double haie pour les soustraire au regard des passants – la simple vue de leurs seins sous un chemisier seyant ou de leurs pieds nus dans des mules à bride aurait pu traumatiser les plus fragiles d'entre eux.

1. Quartier de Téhéran.

Ghaffar recueillait les jeunes filles les plus ébranlées pour les réconforter. Il leur offrait une tasse de thé parfumé au safran et des petits biscuits tout en leur récitant des vers de Hâfez. Succédant à la nuit blanche qu'elles venaient de passer, sa voix chaude, veloutée, enjôleuse, presque hypnotique, les enveloppait d'une douce torpeur, qui les faisait insensiblement sombrer dans une irrésistible langueur ; certaines finissaient même par s'assoupir sur les coussins moelleux de son sofa. Ghaffar ne se lassait pas, alors, de les contempler – il leur faisait en quelque sorte l'amour avec les yeux.

Ghaffar était en effet au-dessus des élans de la chair, comme de tout plaisir terrestre, au demeurant. Avec les années, cet athée, que la Révolution islamique avait même, un temps, rendu anticlérical, avait progressivement glissé dans un profond mysticisme, qui l'avait mené jusqu'en Inde, dans l'ashram d'un célèbre gourou du nom de Saï Baba. Ce séjour l'avait totalement changé. Auprès de ce maître, il avait pris conscience de sa propre divinité et appris la vanité des passions humaines. De retour en Iran, ce noceur invétéré, que la Révolution islamique avait également rendu opiomane, s'était mis à pratiquer l'ascèse. Toujours en application de l'enseignement de Saï Baba, le coureur de jupons qui était en lui se convertit même à l'amour désintéressé.

Comme il habitait non loin de la maison de ma grand-mère, mon père, de retour de chez Bibi, où il avait passé la nuit à boire de la vodka ou à fumer de l'opium, avait pour habitude de faire une station chez lui avant que d'aller se coucher.

Il lui semblait chaque fois que la compagnie de ce sage, au mode de vie frugal, le lavait de ses excès. Ensemble, ils trempaient des gâteaux aux noix et au sésame dans du thé noir, où Ghaffar avait versé quelques gouttes d'une sorte de mystérieuse potion qu'il avait rapportée de son voyage en Inde et qui avait pour vertu, selon lui, de rasséréner l'âme et de fortifier la santé. Tout en portant leur tasse à leurs lèvres, les deux hommes observaient en silence, par une fenêtre ouverte du salon, les premières lueurs du jour dans le ciel encore pur. Puis, bientôt, l'une après l'autre, des jeunes filles éplorées sortaient de la mosquée. « Ah, disait le poète en lissant sa moustache, voilà ma journée qui commence. »

25

Même s'il ignorait à quel degré de gravité il l'était, mon père se savait déjà malade quand, afin de faire renouveler son titre de résident en France, il posa ses bagages chez ma mère. Depuis quelques mois, il avait en partie perdu l'appétit, et de vives douleurs abdominales, irradiant jusque dans son dos, le pliaient parfois en deux. Ces accès étaient cependant suffisamment espacés dans le temps pour ne pas l'inquiéter outre mesure, et les propriétés analgésiques de l'opium qu'il consommait quotidiennement chez Bibi en atténuaient quelque peu l'intensité. Mais le sevrage auquel le contraignit son arrivée en France, où il ne connaissait personne qui puisse l'approvisionner, lui révéla bien vite l'ampleur de son mal.

Notre médecin de famille, qui se rappelait ses penchants pour le whisky et la vodka et ne voulait pas l'alarmer, évoqua la probabilité d'une pancréatite aiguë. Pour s'en assurer, il prescrivit un scanner, qui fit apparaître une grosse tumeur au niveau de la queue du pancréas. Une biopsie, effectuée dans la foulée, en attesta la nature cancéreuse. Elle avait malheureusement essaimé : ses métastases avaient atteint le foie et les ganglions lymphatiques – elle n'était pas opérable. On ne pouvait désormais que tenter de contenir la prolifération des cellules malignes. Un protocole de chimiothérapie palliative fut établi. Mais, à brève échéance, mon père était condamné.

Dès qu'il eut connaissance du pronostic, celui-ci se mura dans le silence, n'en sortant plus que pour énoncer quelques banalités sur le temps qu'il faisait. Lui que j'avais toujours connu gai et volubile, pouvait rester de longues heures immobile, son regard noir transperçant chaque objet sur lequel il se posait, comme s'il s'était mis à voir au-delà des apparences et à lire dans les choses des signes mystérieux, visibles de lui seul.

Malgré la morphine qu'on lui administrait, la douleur l'élançait parfois affreusement. Il fermait tout à coup les paupières, son front se plissait, ses lèvres se crispaient. Sans une plainte, il quittait alors son fauteuil et partait lentement rejoindre son lit.

Il perdit totalement l'appétit. Les odeurs de cuisine le révulsaient. Les purées, les grillades et les bouillons que ma mère et moi lui préparions finissaient invariablement à la poubelle sans qu'il y ait touché. Un jour, devant mon insistance à lui faire avaler un bout de viande, il me lança : « Écoute, ma chérie, n'insiste pas ! C'est comme si tu me demandais de manger de la merde ! »

Pour éviter qu'il sombre dans la cachexie, de petites briques de compléments alimentaires lui avaient été prescrites, qu'il devait aspirer à la paille.

Il se soumettait à l'ingestion quotidienne de ces substances insipides avec un sentiment de vanité : à quoi bon en effet nourrir un organisme promis sous peu à l'anéantissement ? L'absurdité de l'entreprise semblait le décourager, et il ne s'y pliait que pour nous complaire, car il voyait notre soulagement chaque fois qu'il était parvenu à vider une de ces briquettes. Et, sans notre présence anxieuse à ses côtés, sans doute eût-il abdiqué.

Les semaines passant, il devint d'une maigreur extrême. Sur cette chair qui fondait à vue d'œil et dénudait ses os, sa peau de papier jaunie me semblait chaque jour plus fine, plus transparente. Les rayons du soleil la traversaient presque, y révélant des nuances d'ordinaire invisibles, des vapeurs bleutées, turquoise, rose pâle, qui le nimbaient comme d'un halo. On eût dit que Behrouz s'effaçait sous nos yeux.

26

Je n'avais jamais vu mon père si abattu, sinon à la mort du sien, vingt ans plus tôt. C'était en 1988, durant la guerre qui opposait l'Iran à l'Irak. Téhéran était soumis à des bombardements quotidiens. Les provinces frontalières, comme le Kurdistan, étaient attaquées au gaz moutarde par l'aviation irakienne. Soldats et civils tombaient comme des mouches.

Mon grand-père était très affaibli par une hépatite virale, qu'il était convaincu d'avoir contractée en buvant l'eau du robinet, souillée par la détérioration des canalisations sous l'impact des bombes. C'était sa façon à lui de payer un tribut à ce conflit.

Il se faisait peu d'illusions sur son état de santé. Il en allait pour lui comme de sa patrie ; sa fin était proche. Il ne souhaitait pas se battre, mais, devant l'insistance de ma grand-mère et de son médecin, il accepta de venir se faire soigner en France.

De la vitre de la voiture qui les emmenait vers l'aéroport, il avait aperçu un immeuble d'habitation que venait de détruire un missile. Au milieu de la fumée, parmi les gravats, quelques personnes hagardes, choquées, attendaient d'être secourues. Il avait demandé à son fidèle Ali, qui jouait les chauffeurs pour l'occasion, de s'arrêter pour leur porter assistance, mais celui-ci avait refusé : il n'était pas question de jouer les sauveteurs ; Monsieur et Madame allaient manquer leur vol pour Paris ; ils allaient perdre leur billet et surtout le précieux visa aimablement octroyé par le consul de France en personne. Avaient-ils seulement conscience de la valeur de ce tampon sur leurs passeports ? Il était hors de question de gâcher un tel privilège pour quelques égratignures, et puis les morts pouvaient bien attendre quelques minutes ou quelques heures de plus ! Qu'Allah ait pitié de leurs âmes !

Dès son arrivée à Paris, mon grand-père fut conduit à l'hôpital, car son ventre était affreusement gonflé. Le médecin qui le reçut prescrivit une ponction en urgence afin d'évacuer le liquide qui s'était accumulé dans son abdomen. Son ventre fut perforé au moyen d'une aiguille surdimensionnée, et le liquide qu'il contenait, recueilli par le truchement d'un tuyau souple et transparent dans une simple bassine en plastique. « Franchement, plaisanta mon père, c'était inutile de faire six mille kilomètres pour cela. Avec une durite, le garagiste du coin aurait aussi bien pu te purger. »

Le soulagement du malade et le nôtre ne durèrent pas longtemps. Mon grand-père avait trop tardé à se faire soigner. Malgré tous les efforts déployés, en quinze jours, il fut emporté.

Son fils était présent à ses côtés lorsqu'il rendit son dernier souffle. Il l'avait vu fermer les yeux, pour ne plus les rouvrir. Cet ultime regard le hanta pendant des heures. Il lui avait semblé chargé d'un message dont le sens lui échappait.

Le jour même, mon père chaussait une paire de lunettes noires – il les porta six mois durant, jour et nuit. Il s'agissait moins de soustraire à notre vue ses yeux gonflés et rougis par le chagrin, que d'étendre en quelque sorte un voile de deuil sur le monde des vivants. Bien que dans l'ordre des choses, lequel veut que les enfants enterrent leurs parents, cette perte était pour lui un vrai scandale, et il ne l'acceptait pas. Il lui semblait que la source originelle de l'amour s'était tarie.

Durant plusieurs semaines, nous ne reçûmes plus personne chez nous. Behrouz restait des heures assis en silence dans un fauteuil du salon, à se servir des verres de whisky. Comment pourrait-il continuer à vivre, alors que celui qui lui avait donné la vie était mort ? Comment pourrait-il encore parler, alors que celui qui le lui avait appris s'était tu à jamais ? Comment pourrait-il même porter des fruits à sa bouche, quand l'homme qui l'avait nourri gisait dans les ténèbres de la terre ? N'était-il pas plus digne, comme le font les épouses des hindous, de se jeter dans les flammes pour se consumer avec le disparu ?

Par respect pour sa douleur, nous chuchotions entre nous et marchions sur la pointe des pieds. De temps à autre, il sortait de son mutisme et marmonnait dans sa moustache des vers du grand Hâfez :

Bois, car qui a vu comment s'achève l'œuvre du monde, s'est délivré prestement du chagrin et a pris la lourde coupe.[1]

Puis il se taisait de nouveau.

Quand il enleva enfin ses lunettes noires, son regard était changé : le filtre sombre derrière lequel il avait regardé le monde durant plusieurs mois semblait avoir déteint sur ses yeux – il ne s'effacerait plus.

1. Traduction de Charles-Henri de Fouchécour, dans Hâfez de Chiraz, *Le Divân*, Verdier, 2006.

27

Le dernier ouvrage qu'ouvrit mon père fut *À la recherche du temps perdu*, dont il avait sorti un volume des étagères de la bibliothèque de ma mère – il était placé sur sa table de chevet le jour où les pompiers furent appelés en urgence pour le transporter à l'hôpital.

Mon père avait assez tardivement découvert Proust, l'ayant longtemps tenu pour un auteur snob et bourgeois, qu'il soupçonnait d'être de droite, qui plus est. C'était le dernier grand romancier qu'il m'ait conseillé de lire, quelques mois avant qu'il ne se sépare de ma mère et ne retourne s'installer à Téhéran. Il se trouvait idiot de l'avoir ignoré pendant tant d'années à cause de simples préjugés idéologiques. « Remarque, avait-il ajouté en souriant, les préjugés peuvent avoir du bon, parfois. Savais-tu, Samanou, que j'ai lu *Madame Bovary* parce que c'était Eleanor, la fille cadette de Marx, qui l'avait traduite en anglais ? »

Jusque très tard, les goûts littéraires de mon père présidèrent au choix de mes lectures. La plupart des livres qu'il me recommandait, il les avait lus à l'adolescence, certains dans leur traduction en persan, d'autres directement en français, langue dans laquelle il avait été éduqué comme nombre d'enfants de la bourgeoisie téhéranaise. Outre qu'ils m'ouvraient autant de fenêtres sur le monde, tous étaient empreints à mes yeux du plaisir intense qu'il disait avoir éprouvé à les dévorer. Je cherchais dans leurs pages les traces du jeune garçon qu'il avait été.

C'est lui que je rejoignais, par-delà les lois du temps et de l'espace, lorsque je pénétrais sur le champ de bataille d'Austerlitz où gisait le corps blessé du prince André, le héros de Tolstoï, engoncé dans son uniforme taché de sang, le regard perdu dans le vaste ciel bleu qui le surplombait, prêt à accueillir la mort, parfaitement indifférent à la défaite que Bonaparte venait d'infliger à son armée, lui encore qui s'emparait de ma main pour dévaler les pentes du parc qui entourait la propriété de madame de Kerich, vers le fleuve en contrebas, au bord duquel Jean-Christophe et Minna, les personnages de Romain Rolland, échangeaient leur premier baiser, réfugiés sur un petit banc de bois, à l'abri des regards, derrière de hautes haies de buis.

Guerre et Paix, *Jean-Christophe* ou *Les Chemins de la liberté*, ces chefs-d'œuvre étaient notre bien commun, le temple qui abritait notre amour et notre complicité. Nous pouvions nous y promener comme dans un lieu secret, connu de nous seuls.

Aussi, quel ne fut pas mon désespoir quand je les étudiai en classe ! Voir mes camarades tenir ces livres entre leurs mains et en tourner les pages me rendit malade. Il y avait tant de choses que je pouvais accepter de partager, le calcul des fractions, les lois de l'attraction, l'accord du participe passé, l'histoire de l'Empire romain – mais pas nos romans, non, pas eux ! Pourquoi mon père ne m'avait-il pas informée que d'autres que nous avaient accès à ces beautés et que celles-ci pouvaient être livrées aux plus stupides d'entre eux ? Il m'avait laissée béatement me bercer d'illusions.

Mon rapport à la lecture s'en trouva sur-le-champ bouleversé, irrémédiablement. À compter de ce moment-là, je n'éprouvai plus jamais cette sensation grisante que mon père et moi étions les uniques et privilégiés interlocuteurs des auteurs qui m'inspiraient le plus grand respect. C'était comme quitter une piscine privée, à l'eau étale et cristalline, pour se tremper dans le bouillon trouble d'un bain public, remué par des nageurs braillards.

28

Un matin, deux mois tout juste après son arrivée à Paris, mon père fit un malaise au moment où il tentait de mettre ses vêtements. Ce jour-là, il avait prévu de donner à son ami Parviz, en partance pour Téhéran, le formulaire administratif qui permettrait à Bibi de demander un visa pour la France et, ainsi, de le rejoindre sous peu, pour le soutenir dans la maladie. On venait de lui poser un cathéter sur la poitrine en prévision d'une chimiothérapie, dont la première séance avait été programmée pour la semaine suivante. Les médecins nous avaient laissé entendre qu'il pourrait vivre encore quelques mois, peut-être même une année.

Ma mère et Parviz l'attendaient dans le salon. Ne le voyant pas venir, ils décidèrent d'aller frapper à la porte de sa chambre. N'obtenant pas de réponse, ils entrèrent. Mon père était à terre, le dos appuyé contre le sommier de son lit, la tête renversée en arrière, les jambes repliées sous son corps, telle une marionnette désarticulée. Ses yeux étaient ouverts, ainsi que sa bouche. Devant sa pâleur, ils pensèrent aussitôt à une crise d'hypoglycémie. Ma mère se précipita dans la cuisine pour y chercher un morceau de sucre, tandis que Parviz, lui ayant passé les bras derrière le dos, tentait de le redresser tout en répétant son prénom. Mais Behrouz ne lui répondait pas.

De retour dans la chambre, ma mère lui fourra le morceau de sucre dans la bouche. Comme ses lèvres ne se refermaient pas, elle appela les pompiers. Étrangement, me rapporterait-elle plus tard, le morceau de sucre n'avait toujours pas fondu quand ceux-ci allongèrent Behrouz sur un brancard pour le conduire à l'hôpital : on le devinait encore sous la joue, où il avait migré, comme animé d'une volonté propre. Mon père en percevait-il sur sa gencive la texture légèrement granuleuse, presque rugueuse ? Lui restait-il un fond de conscience suffisant pour distinguer le goût âcre, quasi ferrugineux, qui l'imprégnait peu à peu ? S'avisa-t-il alors que c'était le goût du sang ? En ce cas, comprit-il, comme nous l'apprendrions plus tard, qu'il faisait une hémorragie interne ?

29

Nous dûmes attendre plusieurs heures avant d'être autorisés à nous rendre au chevet de Behrouz, qu'on avait transféré du service des urgences à celui dit des soins intensifs. Entre-temps, un interne était venu nous annoncer que son état était désespéré : l'hémorragie ayant été, pour reprendre le terme qu'il employa, « cataclysmique », il ne lui restait plus désormais que quelques heures à vivre. Mon père lui-même, semble-t-il, en avait eu conscience, si je m'en réfère à ces derniers mots, qu'il avait prononcés avant de sombrer dans le coma et que venait de me rapporter l'interne : « Appelez ma fille ! Je voudrais lui dire au revoir. »

Le caractère désespéré de cette supplique m'était d'autant plus perceptible que, quelque trente ans plus tôt, en proie à la détresse, j'en avais lancé une comparable à mon institutrice le jour de mon entrée à la maternelle, peu de temps après mon arrivée en France. Mon père m'accompagnait alors. Après avoir tous les deux traversé une cour de récréation déserte, jonchée de quelques ballons et jouets aux couleurs criardes, passé sous un préau où flottaient des odeurs mêlées de savon et de soupe de poireaux, monté les marches d'un large escalier, puis nous être engagés dans un long couloir de part et d'autre duquel se hérissaient des dizaines de patères d'où pendaient des dizaines de manteaux, nous nous étions arrêtés devant une porte, à laquelle mon père avait aussitôt frappé. Quelques instants plus tard, une grande dame, coiffée de cheveux comme je n'en avais jamais vu jusque-là, non pas noirs ou bruns, mais jaunes, était venue nous ouvrir.

Mon père échangea quelques mots avec elle, mais dans une langue que je ne connaissais pas. Après quoi, la dame aux cheveux étranges prononça mon prénom avec un mauvais accent, puis se mit à me parler dans cette même langue bizarre. Je levai les yeux vers mon père, certaine qu'il s'agissait là d'une de ces farces dont il était coutumier. Il avait dû se concerter avec cette créature mystérieuse aux cheveux jaunes pour me parler en charabia. Cette pensée me rassura : bientôt, ils allaient tous les deux s'exprimer normalement. Mais mon père et la dame, qu'il me désigna comme mon institutrice, ne donnaient pas l'impression de s'amuser. Ils poursuivaient au contraire leur conversation incompréhensible avec un air sérieux qui me frappait d'autant plus que mon père ne l'arborait presque jamais, sinon, précisément, lorsqu'il voulait me jouer un tour. J'eus soudain envie de pleurer. J'enroulai mes bras autour de ses jambes, envahie par un mauvais pressentiment, mais il m'écarta de lui doucement, me posa un furtif baiser sur le front et, avant que j'aie eu le temps de m'agripper de nouveau à lui, tournait prestement les talons, pour disparaître en quelques secondes au fond du long couloir par lequel nous étions arrivés.

L'institutrice me prit la main et me fit entrer dans la salle de classe. Un groupe d'enfants y jouait à la dînette dans un petit coin aménagé en cuisine, en mini-cuisine plus exactement, avec mini-gazinière, mini-réfrigérateur, mini-table et mini-chaises ; d'autres assemblaient des cubes de plastique de toutes les couleurs ; certains dessinaient sagement, assis à leur pupitre.

Je fus aussitôt frappée par la blancheur de leur peau et la roseur de leurs joues, qui me rappelaient l'aspect de mes poupées ; le visage de la plupart était d'ailleurs constellé des mêmes taches de rousseur et serti des mêmes yeux bleus que celles-ci. Parmi eux, quelques-uns avaient les cheveux d'une couleur semblable à ceux de la maîtresse, quoique dans des nuances encore plus claires, presque dorées. Leur odeur même était particulière, qui m'évoquait le parfum de la guimauve. Et de leurs bouches sortaient des sons tout aussi énigmatiques que ceux que j'avais entendus quelques instants plus tôt.

Jamais je ne m'étais sentie si perdue, si désemparée. Me tournant vers elle, j'avais alors demandé à l'institutrice de bien vouloir rappeler mon père, avant d'ajouter, comme lui-même le ferait au seuil de sa propre mort : « Je voudrais lui dire au revoir. » C'était l'unique stratagème que j'avais trouvé pour ne pas affronter seule ce monde inquiétant, peuplé de créatures aux cheveux jaunes, à la carnation caoutchouteuse, à l'odeur de friandises, et qui babillaient dans un sabir barbare. Mais, ne me comprenant pas, l'institutrice s'était contentée de me sourire de toutes ses larges dents et m'avait tendu une feuille vierge et quelques crayons de couleur.

Behrouz gisait à présent sur un lit, dans une chambre à la blancheur éblouissante ; ses mains inertes reposaient bien à plat le long du corps, sur un drap blanc qui le recouvrait jusqu'aux épaules ; ses lèvres enserraient un tube vert pâle, qui apportait de l'oxygène à ses poumons. Sur un écran placé à son côté s'affichait en chiffres rouges le nombre de ses pulsations cardiaques par minute – nous le voyions décroître peu à peu, comme un compte à rebours.

Je demandai à tout le monde de quitter la pièce quelques instants. Lorsque ma mère eut refermé la porte derrière elle, je pris la main de mon père dans la mienne. Je restai silencieuse un long moment, incapable de rien dire. Comment me faire comprendre de cet être qui semblait déjà si loin, qui peut-être n'était plus de ce monde ? C'est alors que, se frayant un passage étroit à travers les épaisses couches d'oubli qui les avaient ensevelies, me revinrent quelques notes de musique.

C'était une vieille chanson révolutionnaire, dont nous avions jadis possédé l'enregistrement sur un disque 33 tours édité par la Confédération des étudiants iraniens en exil contre la monarchie. Sa pochette était illustrée par le visage d'un homme en gros plan, les yeux bandés. Il s'agissait de la dernière supplique, adressée à sa fille, d'un prisonnier politique condamné à mort. Elle disait :

Embrasse-moi une dernière fois.
Que la vie te préserve de son amertume.
Embrasse-moi, une dernière fois, avant que mes yeux se ferment sur le monde.
Embrasse-moi, une dernière fois, toi dont le souvenir est la lumière de ma courte vie.

À force de l'entendre, car mes parents la passaient très souvent à la maison, j'avais fini par la connaître par cœur, et il n'était pas rare que je la chantonne jusque dans la rue. Un jour pourtant, autour de ma sixième année, quelques heures avant que ma mère et moi ne prenions l'avion pour Téhéran, mon père m'avait convoquée au milieu de nos affaires fraîchement empaquetées : « Samanou, me dit-il alors la mine grave, tu dois me promettre de ne plus jamais chanter cette chanson. Ni dans l'avion, ni à l'aéroport, ni ailleurs ! Tant que vous serez à Téhéran, tu dois l'oublier, tu m'entends ? – Mais pourquoi donc ? lui demandai-je. – Cette chanson est interdite en Iran, me répondit-il en s'accroupissant devant moi. Si jamais la police du shah ou les agents de la Savak t'entendaient, ils vous jetteraient en prison. »

Je sentis un poids me tomber sur les épaules. Ainsi donc, par ma faute, nous pouvions tous aller en prison, mes grands-parents adorés, ma pauvre mère, Ali le domestique, qui sait, le jardinier, et peut-être même les voisins !

La lourde responsabilité qui m'incombait me hanta durant tout le vol. Terrifiée à l'idée de laisser échapper par inadvertance ne fût-ce qu'une note de ce chant maudit, je restai muette jusqu'à l'atterrissage. Une fois à l'aéroport Mehrabad, tandis que nous faisions la queue pour présenter nos passeports, je fus saisie d'effroi. Malgré moi, la mélodie s'était mise à tourner dans ma tête ; je ne pouvais la faire taire ; elle résonnait si fort que je fus bientôt persuadée que le douanier en uniforme vert qui se tenait derrière le guichet devant lequel nous patientions ne pourrait pas ne pas l'entendre. Ne disait-on pas d'ailleurs que la CIA mettait à la disposition des agents de la Savak toutes les dernières technologies ? Ceux-ci devaient avoir une machine suffisamment perfectionnée pour capter les chants révolutionnaires dans la tête des petites filles, j'en étais sûre ! Plus nous approchions du guichet, plus je tremblais ; mon cœur s'était emballé ; je sentais rougir mes joues ; mes mains étaient devenues moites. Il me semblait maintenant que la complainte du *tchérik* condamné à mort retentissait si bruyamment sous mon crâne qu'elle en traversait les parois, pour se diffuser au-dessus de moi. Je jetais des regards toujours plus anxieux alentour. Mais nul ne me prêtait attention.

Ce fut enfin notre tour d'avancer vers le douanier. Celui-ci examina attentivement ma mère, qui lui avait tendu nos passeports, afin de comparer son visage à la photographie qu'il avait sous les yeux ; puis, se soulevant légèrement de son siège, il me lança un bref coup d'œil ; je crus un instant que la musique qui m'habitait était parvenue à ses oreilles ; je baissai instinctivement la tête ; mais je l'entendis se rasseoir, puis écraser d'un geste lourd son tampon encreur sur nos documents, avant de nous prier de passer notre chemin.

Cette complainte, je pouvais à présent la chanter librement dans cette chambre d'hôpital où mon père vivait ses derniers instants. Quoique ne l'ayant plus écoutée depuis des années, ses paroles me revenaient facilement. J'en avais fredonné plusieurs couplets quand soudain, alors que son visage était demeuré jusque-là impassible, sans même un frémissement de cils, j'aperçus une larme sourdre au coin de l'œil fermé de mon père.

Je crus tout d'abord à un effet d'optique : c'étaient mes propres larmes qui me brouillaient le regard. Je m'essuyai les yeux – mais la larme était bien réelle. Ronde, pleine et cristalline, elle resta quelques instants à l'endroit précis où elle était apparue, le temps de grossir encore ; puis, rendue à la gravité, elle coula gracieusement le long de sa tempe, pour se dissoudre dans le fouillis de ses cheveux gris, sur l'une des mèches desquels, ayant échappé à la méticulosité des aides-soignantes, une minuscule croûte de sang séché se devinait. Lorsque la larme eut disparu, je posai la tête sur son bras. Sur l'écran de contrôle, son pouls était tombé au-dessous de 50. La fin approchait.

J'étais là quand le chiffre lumineux se stabilisa à 0. Comme jadis on plaçait un miroir devant la bouche des morts pour s'assurer que nul souffle ne s'échappait d'eux, ce fut l'irréfutable indice de sa mort, la preuve définitive qu'il était passé de l'autre côté, pour rejoindre mon grand-père, Karl Marx et l'armée décimée des valeureux *tchériks*.

Épilogue

Quelques jours avant qu'il ne revienne à Paris pour y mourir, mon père et ma grand-mère s'étaient fâchés. Ce n'était pas la première fois. À respectivement soixante-deux et quatre-vingt-sept ans, ils entretenaient les mêmes rapports conflictuels qu'une mère et son fils adolescent. Rosa lui reprochait son mode de vie : il se nourrissait n'importe comment, se couchait à point d'heure, se levait trop tard, découchait sans prévenir. Behrouz l'accusait quant à lui de se mêler de ce qui ne la regardait pas : elle l'espionnait, elle l'étouffait, elle le tyrannisait.

Au dire des domestiques, cette ultime querelle avait cependant été plus orageuse que les précédentes ; des objets avaient volé ; des mots définitifs avaient été échangés. « Les murs en tremblaient », nous avait rapporté Ali. « Puisque c'est ainsi, tu ne me reverras plus, avait lancé mon père en franchissant le seuil de la porte, une valise à la main. – Bon débarras ! » lui avait retourné ma grand-mère.

Le lendemain, comme si la violence qu'ils avaient tous les deux déchaînée dans la maison devait retomber sur quelqu'un, Rosa faisait une chute dans sa salle de bains et se brisait une hanche. On l'hospitalisa.

Pour la ménager, nul n'osa l'informer du cancer de son fils, qu'elle avait d'ailleurs cru, dans un premier temps, toujours présent à Téhéran, réfugié chez Bibi. Chaque fois qu'elle nous demandait de ses nouvelles par téléphone (puisque celui-ci, toujours fâché contre elle, ne voulait pas lui parler), nous lui répondions qu'il allait bien. « Je sais que ce ne sera pas facile dans le pays du vin, mais veillez à ce qu'il boive moins, nous recommandait-elle. Au besoin, cachez les bouteilles comme je le fais moi-même. »

Nous osâmes encore moins lui annoncer sa mort. Contrairement à nous, qui nous y attendions dans une certaine mesure, même si nous l'espérions moins rapide, le choc serait trop brutal pour elle. Nous devions l'y préparer, d'autant plus qu'elle se remettait péniblement de sa chute. À Téhéran, mis au courant, ses proches lui distillaient ainsi quelques vagues informations sur l'état de santé de Behrouz, que ma mère et moi lui confirmions par téléphone, tout en prenant garde à ne pas l'alarmer outre mesure. « Il passe des examens » : cette expression, qui revenait dans notre bouche comme un leitmotiv, marquait le summum de nos révélations. Quand elle demandait à lui parler, nous inventions chaque fois une histoire nouvelle pour justifier son absence, fable dont elle n'était qu'à moitié dupe : « Il m'en veut encore, c'est cela ? » disait-elle.

Parallèlement, afin de ne pas réduire à néant tous les soins que nous prenions pour l'épargner, consigne avait été passée à ses domestiques de se jeter sur le combiné du téléphone dès lors que sa sonnerie retentissait : on craignait en effet que quelque connaissance, ignorant l'omerta dont nous entourions le décès de mon père, ne l'appelle pour lui présenter ses condoléances. Par mesure de prévention, Ali, Shazdeh et Ashraf veillaient en permanence à éloigner d'elle l'appareil, comme on place hors de portée des mains d'un petit enfant un objet fragile ou coupant.

Finalement, il fut décidé de lui dire la vérité. À Téhéran, ses proches convinrent de se retrouver un jour chez elle. On fit venir son médecin à l'heure dite, craignant qu'elle ne soit prise d'un malaise. Quand tout le monde fut autour de son lit, un silence embarrassé se fit, que Rosa rompit soudain en levant une main : « J'imagine que ce n'est pas un hasard si vous êtes tous ici. Il s'est passé quelque chose, n'est-ce pas ? » Et, avant même qu'on lui répondît, elle ajouta : « Behrouz est parti rejoindre Abi, c'est bien cela ? »

Même si elle n'en montra rien, la confirmation de son intuition la terrassa. Elle ne quitta plus son lit que pour aller prendre ses repas dans le salon, soutenue par son infirmière ou sa femme de chambre. Elle commença à perdre la tête. Ses absences étaient quotidiennes. Il lui advenait même d'oublier que son fils n'était plus de ce monde. « Behrouz a-t-il dit s'il rentrait ce soir ? » s'enquérait-elle parfois. Comme nul d'entre eux n'osait lui rappeler sa mort, les domestiques haussaient les épaules et écartaient les mains avec un air d'ignorance. « Bon, reprenait-elle, vous ferez comme d'habitude : vous lui préparerez quelque chose à manger. » Quand elle remontait se coucher, on posait donc devant la chambre de mon père un repas sur un plateau d'argent. Ma grand-mère jetait alors en souriant tendrement un regard à la cloche de métal qui en couvrait l'assiette. « Ce sera peut-être encore un peu chaud quand il rentrera », disait-elle à sa cuisinière.

RÉALISATION : NORD COMPO À VILLENEUVE-D'ASCQ
IMPRESSION : CPI BRODARD ET TAUPIN À LA FLÈCHE
DÉPÔT LÉGAL : JANVIER 2014. N° 110414 (3002718)
IMPRIMÉ EN FRANCE